MADAME XANADU

MADAME XANADU

AURELIANO

Diretor-presidente:
Jorge Yunes

Gerente editorial:
Luiza Del Monaco

Coordenação editorial:
Ricardo Lelis

Edição:
Júlia Braga Tourinho

Preparação de texto:
Karine Ribeiro

Revisão:
Augusto Iriarte

Suporte editorial:
Juliana Bojczuk

Coordenadora de arte:
Juliana Ida

Designer:
Valquíria Palma

Assistência de arte:
Daniel Mascellani

Projeto gráfico de capa e miolo:
Vitor Castrillo

Ilustrações:
Aureliano Medeiros

© 2021, Companhia Editora Nacional
© 2021, Aureliano Medeiros

Todos os direitos reservados. Nenhuma parte desta obra pode ser reproduzida ou transmitida por qualquer forma ou meio eletrônico, inclusive fotocópia, gravação ou sistema de armazenagem e recuperação de informação sem o prévio e expresso consentimento da editora.

1ª edição – São Paulo

DADOS INTERNACIONAIS DE CATALOGAÇÃO NA PUBLICAÇÃO (CIP) DE ACORDO COM ISBD

M488m   Medeiros, Aureliano

Madame Xanadu / Aureliano Medeiros. - São Paulo, SP : Editora Nacional, 2021.
208 p. ; 14cm x 21cm.

ISBN: 978-65-5881-021-6

1. Literatura brasileira. 2. Romance. I. Título.

2021-766   CDD 869.89923
CDU 821.134.3(81)-31

Elaborado por Vagner Rodolfo da Silva - CRB-8/9410

Índice para catálogo sistemático:
1. Literatura brasileira : Romance 869.89923
2. Literatura brasileira : Romance 821.134.3(81)-31

NACIONAL

Rua Gomes de Carvalho, 1306 – 11º andar – Vila Olímpia
São Paulo – SP – 04547-005 – Brasil – Tel.: (11) 2799-7799
editoranacional.com.br – atendimento@grupoibep.com.br

*Para todas as pessoas que quis ser
antes de me tocar que era melhor ser eu*

Through the darkness of future past
The magician longs to see
One chants out between two worlds
Fire walk with me

DAVID LYNCH

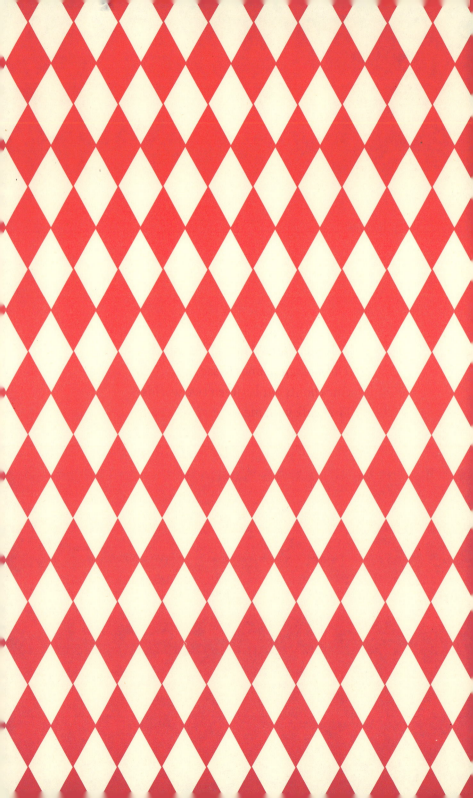

PREFÁCIO

A gente já se encontrou várias vezes nessa vida, e é assim que eu me sinto toda vez que penso em emprestar esse livro para alguém: você precisa conhecer Madame, ela vai te quebrar e te colar inteiro depois, e nada fica no mesmo lugar.

Ler *Madame Xanadu* é tipo tirar a carta da morte no tarô. Morte é mudança, mudança é coisa boa. Você só precisa estar atento para enxergar as coisas que acontecem nas entrelinhas, entre uma palavra e outra das que Aureliano escolheu para contar a história dela dessa vez. Madame vai matando e mudando e costurando a gente que lê e toda vida é de um jeito novo. Eu falo isso porque talvez esse seja o livro que eu mais li na vida. Umas cinco ou seis vezes. Chorei em todas elas no mesmo lugar porque me enxerguei mais do que precisava.

Madame e todas as outras pessoas que nela existem são como espelhos. Aureliano inventou essas pessoas meio confusas, meio tristes, meio boas demais, meio tronchas, meio etéreas e que só existem de um jeito bonito nesse universo para serem tão de verdade quanto eu ou você, que segura este livro nas mãos.

Madame é uma velha amiga. Estar com ela é como andar numa rua antiga na Ribeira naquela hora da tarde onde, não importa quantas luzes estejam acesas, nada se ilumina direito, porque o sol ainda está se pondo, e o sol se pondo é a única coisa que deveria ser vista (mas pelo amor de deus, sem ninguém bater palma).

Faça um bom passeio com ela, atravesse esse espelho. Deixe essa história passar por você. A dor vai valer a pena.

LUIZA DE SOUZA (ILUSTRALU)
Ilustradora e autora de Arlindo

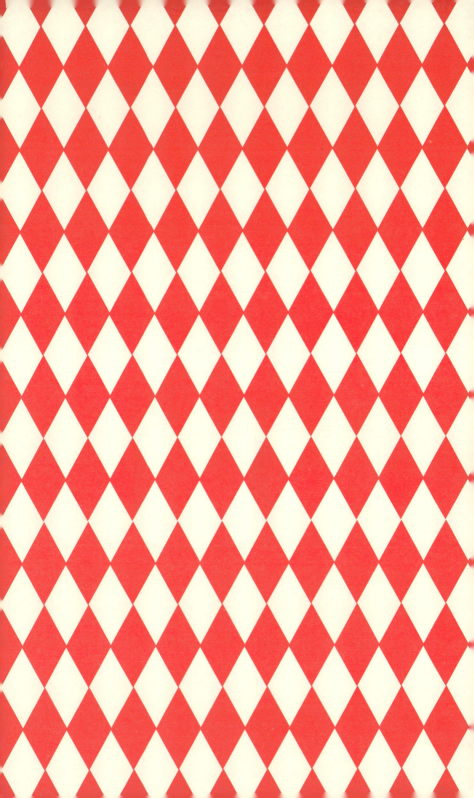

PRÓLOGO

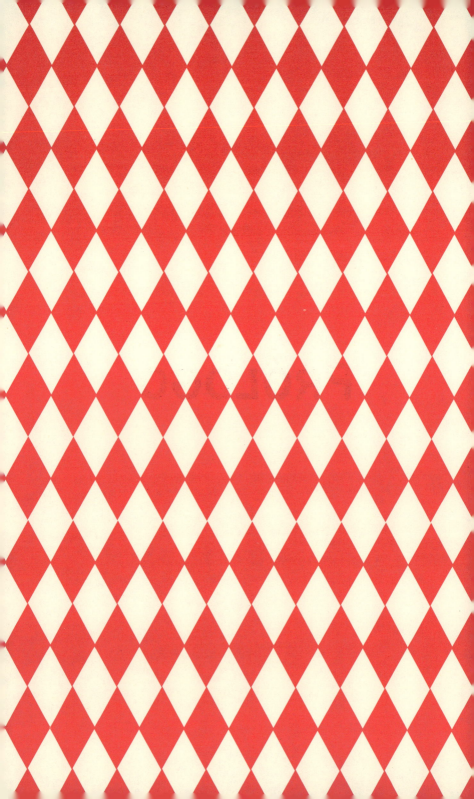

EU SONHO SONHOS COM MADAME XANADU. PASSEAMOS por entre casas decadentes com xícaras penduradas na parede. Lugares de muito vento, tintilaria e pouco espaço pra interpretação. Distante de nós, algo dispara. Ela me pega a mão e me conduz por estradas estreitas num nunca foi quase que sempre sendo e estava mesmo o tempo todo aqui. Parece que passamos anos e anos nesse lugar, mas a conheço desde pouco tempo, algo entre uma semana e um século. O zunido se aproxima. Madame caminha pelas paredes e seu cabelo flutua como se estivéssemos no fundo do mar, e talvez estejamos; é muito turva a matéria dos sonhos. Me olha nos olhos e sorri de perto demais, se encaminhando para um sussurro, enquanto tudo em nossa volta desmorona junto ao som, agora altíssimo. Seus lábios se movimentam como num filme antigo, tudo treme, e sua fala me vem dessincronizada.

— O que você faria se pudesse me encontrar de novo pela primeira vez, poeta?

Telefone. Tateio por cima da mesa de cabeceira. *Por que inferno eu coloquei meu celular pra despertar uma hora dessas?* Nada na mesinha. *Procure um pouco mais. Que ressaca é essa?* Identifico um clarão debaixo da cama e vou investigar. Depois da segunda meia - e de perceber que aquele não era exatamente meu alarme -, consigo pescar o celular, ao mesmo tempo que todos meus alertas já sobem, uma vez que nenhum atendente de telemarketing liga às seis horas da manhã.

O nome no visor não se deixa confundir. Desperta memórias. Um sonho?

— Alô?

Não há resposta. Tento remontar com imagens o pouco que consigo ouvir. Unhas no copo de vidro. Longa baforada. Respiração espaçada. Até o seu silêncio preenche espaços demais. Percebo que eu respiro menos, talvez pra sobrar ar pra ela. Uma dessas pessoas que consegue o grande truque de fazer com que a gente tenha medo dela e ao mesmo tempo queira colocá-la numa redoma. Me ganha, assim, nas contradições: frágil como flor, imponente como um czar.

Antes de jogar esse tanto de informação na mão de vocês, quero deixar claro que esta não é a história da minha vida. Ou talvez até seja. Talvez eu esteja no plano de fundo desse grande quebra-cabeças e apenas não queira acreditar que sou só isso. Abro as cortinas e deixo que o sol me reorganize as ideias, enquanto tento decifrar algo mais dessa paisagem sonora.

Seis da manhã. Estou dentro do seu silêncio e sei exatamente como vim parar aqui. É que ela não sabe andar sem arrastar melancolia para onde quer que vá. E eu sou viciado em drama. Percebo um ensaio de pensamento, respiração, começo de frase?

— Me ajude.

Não tem forças pra falar mais que isso. Ouço o baque seco do outro lado da linha. Me visto ligeiro, caço as chaves, bato porta, sua voz ressoando cada vez mais alto dentro da minha cabeça e eu sem saber direito o que a gente faz quando alguém que a gente quer por perto não quer mais estar por perto de ninguém.

No fim das contas, não é mesmo uma história sobre mim. É apenas uma daquelas histórias dentro de outra história, que nos faz tentar resgatar o que foi que realmente começamos a ler. Talvez por ser maior que outras histórias. Talvez por ser tão triste que acaba tomando conta de tudo que vê pela frente. Também não é a história de Jeferson, Rose ou Sharon. É apenas uma história aterradora sobre muitos fins e poucos começos.

E talvez, ao final, alguém venha abrir a boca para dizer que é uma história bonita. Afinal, uma história triste é sempre bonita quando acontece com as outras pessoas.

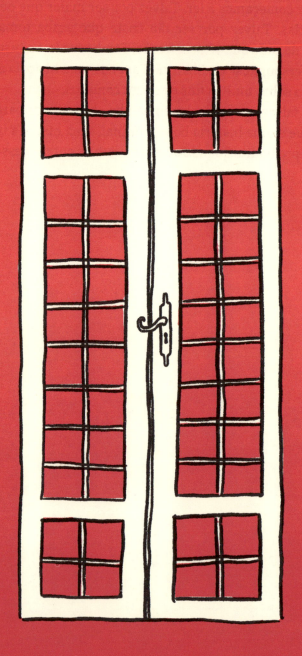

MADAME

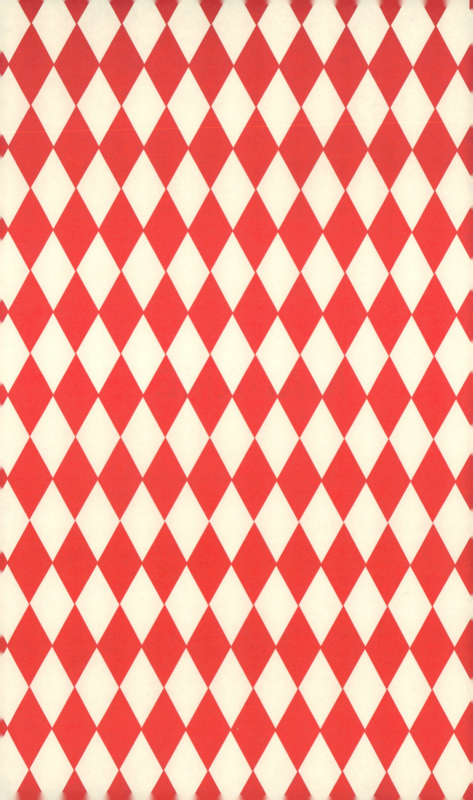

— Como começa?

— Começa com um cigarro. — Pausa. Isqueiro. Baforada. — Começa comigo sentada na calçada do Café Salão às quatro e quarenta e oito da manhã, fumando um cigarro.

— Aqui?

— É, bem aqui.

— E quando é isso?

— Daqui a uns dias. Você vai saber. Vai receber uma ligação.

— Começa do fim, então.

— É. Começa do fim.

Madame Xanadu sentou no degrau de entrada do Café Salão. Quatro e quarenta e oito da manhã. Gostava daquilo, daquela hora, daquele friozinho e da forma como o sol começava a dar sinais de nascer. Com seus longilíneos dedos, puxou cigarro e isqueiro do bolso da jaqueta. Acendeu como se refletisse sobre cada pequeno movimento que fazia parte daquela ação. Fitava o nada, enquanto sua boca tingida se consumia em vagarosa tragada. Deixou a fumaça se acumular e lhe fazer companhia.

É isso. O começo do fim.

Observou tudo à sua volta. Queria gravar o lugar, fotografar o momento. Por ali acumulavam-se prédios comerciais deteriorados espaçados por brilhantes sonhos adolescentes de um futuro boêmio e postes que ensaiavam um ar parisiense e ainda assim tão decadente (mas Madame achava *chic*). Ribeira. O bairro em que aquela cidade começou, por entre navios, marinheiros e encontros de rio e mar, parecia muito também com o lugar onde tudo deveria terminar.

Sob a confusa luz do não dia não noite, uma senhora deitada improvisava abrigo em folhas de papelão pequenas demais. A lua cheia se despedia. Madame deixou escapar uma única lágrima porque achou tudo bonito demais. Guardou a ideia daquele momento. Não entendia se o mundo era muito pesado para ela ou se era sua existência que se acumulava às costas do mundo. Só entendia que acabou. Precisava acabar.

Fastou um pouco em seu degrau ao perceber que Nalva apagava a última lâmpada e já chocalhava seu chaveiro para fechar o café. Depois da terceira volta de chave, se apropriou do isqueiro de Madame com rapidez e acendeu seu cigarro, que já pendia na boca. Encostou-se no carro à frente do salão e escaneou a rua. Os olhos de rapina pararam em Madame.

— Quer? Eu lhe deixo em casa.

— Não, eu tô de boa.

Ironia e tristeza se misturaram naqueles olhos, aqueles olhos para os quais era impossível mentir. *Não, minha filha, você não está nada "de boa"*, os olhos diziam. Madame baixou a cabeça e fitou a calçada por tempo demais. Nalva era o que ela tinha de mais parecido com uma irmã, ou mãe. Nalva entendia. Não era preciso falar. Apagou o cigarro no solado da sandália e aproximou-se de Madame, afagando-lhe os cabelos.

— Olhe que se você não vier amanhã eu desconto seu salário. — Era seu jeito de dizer que se importava. — Você vem, não vem?

— Venho.

Mas os olhos sabiam. Deixou que o isqueiro deslizasse de sua mão cheia de pulseiras para o colo de Madame. Seus olhares se cruzaram. Estava ali. Dentro das olheiras e debaixo das sobrancelhas, perpassando por tudo que já havia visto na vida, os olhos diziam adeus. Deu as costas rapidamente e saboreou a brisa da madrugada.

— Aproveite a lua, Madame. E não esqueça de amanhã pegar anis-estrelado lá em Miguel.

Sorriram, as duas. Madame tornou a baixar a cabeça e acompanhou as sandálias de Nalva se dirigindo ao carro, sumindo primeiro uma, depois a outra. E os pneus indo embora numa nuvem de fumaça, cortando de uma vez por todas o silêncio daquela hora. *Até mais ver, Nalva,* pensou. *Até mais ver...* Aos poucos a claridade diurna iluminou a ainda fria avenida, e uma chuva fininha, sem graça, começou a cair. Mais um agosto, mais um cigarro.

Como uma rosa que desabrochasse no orvalho, Madame Xanadu observou a rua ganhar vida, com carros, ônibus, pessoas. Seu momento perfeito parado no tempo não existia mais, e isso a incomodou um pouco. Pensou que nada parava nunca de acontecer. As ruas estão provavelmente aí pra isso, pra gente poder perceber a vida acontecendo e brotando e gritando pelos cantos, sem esperar ninguém.

Lembrou da promessa que fez de ficar mais tempo, de durar. Mas se sentiu desgostosa de olhar para a rua e reparar na constância e normalidade das coisas, e perceber que nada nem ao menos abria espaço para sua dor passar. Talvez não estivesse mais nem ali. Talvez estivesse desparecendo, sumindo aos pouquinhos, e talvez, se ela ficasse bem paradinha, ninguém ia nem notar que havia antes alguém sentada nos degraus. Naquele momento muito específico, Madame não sabia mais se estava só pensando ou já falando sozinha.

Ela também não sabia se era culpa de Daniel, ou se era ela que andava meio desorientada das ideias. Só sabia que aquele último mês tinha tido dias demais. Trezentos e sessenta e tantos dias de um agosto sem fim em que tudo que ela mais queria era não ser mais. Pode alguém desaprender a existir? Enxugou um choro baixinho na jaqueta.

Secou os olhos de manchas escuras e suspirou longamente. Levantou de rompante e, como se nunca houvesse derramado uma lágrima na vida, iniciou um caminhar digno de uma supermodelo dos anos 90 pelas ruas históricas do lugar decrépito e mágico que a abraçou por tanto tempo e ensinou-lhe a ser quem era. Sorriu com gratidão. Buscou na memória a farmácia vinte e quatro horas mais próxima.

É isso, *ladies and gentlemen*! O começo do fim de Madame Xanadu.

Sobem as cortinas.

ROSE[REC]

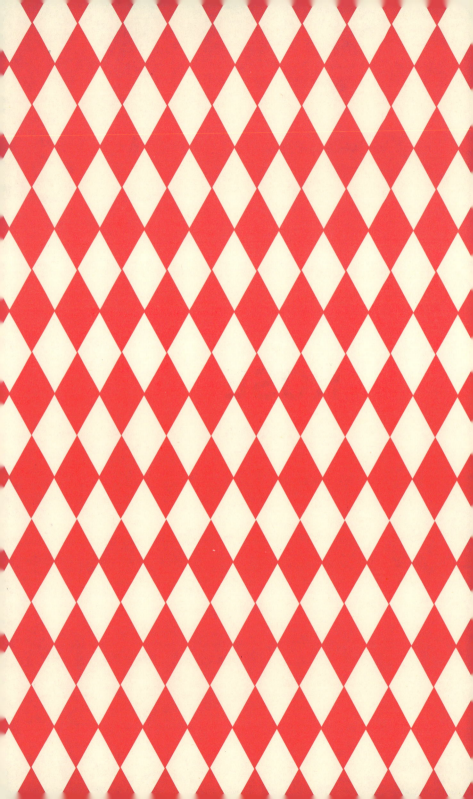

Então quer dizer que tem uma câmera. E você não achou que seria interessante avisar. Entendi. Não, eu não tô falando nada. Você não disse que queria a entrevista? Então vamos de entrevista. Agora espero que você não esteja com pressa, porque a estrada é longa e o caminho é deserto. E não tem como falar de Xanadu sem falar de tudo que rolou antes dela chegar aqui. E também não tem como falar dessas coisas sem sentir tudo voltando de novo.

Lembro que era 27 de agosto, quatro anos atrás. Ela me ligou de madrugada. Bianca. Me ligou meio bamba, lembro como se fosse meia hora atrás, mas querendo se fazer de dura.

— Te acordei?

— Não. — Não menti. Em fechamento de coleção, eu fico ligada 24/7. — Você tá bem?

— Pedro se foi.

O silêncio tomou de conta de nós duas enquanto eu digeria aquela notícia. *Rose, desliga o telefone, desliga o telefone, desliga o telefone antes que você fale alguma besteira.* "Se foi num carregamento de cocaína direto pra Bolívia?", era o que eu queria dizer, mas é claro que eu não ia dizer. Não por respeito àquele troço, longe de mim, mas por tudo que Bianca representava. Ela esperava alguma reação enquanto eu tentava converter meu sarcasmo em algo minimamente aceitável.

— Sinto muito, Bia.

E ela sabia que eu não sentia, mas aquilo já lhe era suficiente. Passou as coordenadas do cemitério e a hora do enterro, mas deixou claro que eu não precisaria ir pra lhe provar algo, ou qualquer coisa do tipo. O que Bianca talvez não entendesse é que eu precisava e queria sim ir. Se pudesse acompanhar cada minuto do velório, eu também o faria, apenas para ter certeza que Pedro não iria levantar e sair à francesa para fazer qualquer outro estrago na vida de ninguém. Eu apertaria impiedosamente os parafusos do caixão e jogaria cada pá de terra, só por garantia. Mas nada disso eu dizia, ou tinha a intenção de dizer. Naquele momento, Bianca só precisava saber que sua irmã ia estar ao seu lado, na manhã seguinte.

E assim fiz.

Retoquei a maquiagem, de forma a parecer mais abatida, enquanto o táxi me conduzia pela cidade chegando enfim à rua da Saudade, aquela que termina no cemitério. Para a ocasião do dia, tinha enrolado os cabelos num coque alto e vestido uma blusinha violeta, porque sempre achei que violeta ornasse bem com cemitério. Fiz praticamente uma acrobacia quando fui descer do carro, porque minhas botas novinhas não iam se sujar naquele lamaçal que tinha logo no portão. Avistei o aglomerado e segui, devagar e de cabeça baixa, oclão na cara, *não pareça empolgada.*

A verdade é que todo mundo sabia que o pilantra ia morrer. Tava internado já tinha tempo, parece que pegou uma gripe e, como tava com a imunodeficiência fodida, acabou evoluindo pra um negócio bem pancada e foi agregando outro monte de mazela até ele ficar amarelo e chupado numa cama de hospital, esperando a hora de ir embora e deixar as contas.

Você deve tá achando que eu sou o cão, né? Mas é porque você não conheceu a criatura. Antes de acabar com a própria vida, Pedro conseguiu estragar a de cada um de nós, com requintes de crueldade. Quando a gente estudava todo mundo junto, Pedro era tão lindo como um menino podia ser e tão terrível quanto, também. Não havia nele nenhum sinal de preocupação ou respeito para com o próximo, por mais próximo que esse próximo fosse. Pedro só pensava em si. Sempre ele. Um gênio. Um poeta incompreendido. Um mártir nas mãos dessa sociedade moldadora de personalidades e comportamentos. O ícone de uma geração. O novo Jack Kerouac. O novo Ginsberg. O novo antropofagismo. A nova ideia do que é ser novo. Ele não falava nada disso pra ninguém, mas dava pra sentir a prepotência e a arrogância se espalhando pelo ar em cada olhar forçadamente blasé e milimetricamente perdido no espaço. Ainda assim, apesar de sua personalidade, era encantador. Mas não existe beleza alguma no mundo capaz de encobrir as coisas que ele fez, com aquela soberba sem fim.

Ipê-roxo é bonito demais, né? Mas faz uma sujeira... Fiquei um tempo julgando o trabalho de jardinagem do cemitério de Nova Descoberta até que levei um esbarrão e quase caí por cima dos ipês.

— Tá andando com a cara enfiada onde? — Virei, braba.

— Você na passagem, queria o quê?

Demorei um pouco a reconhecer, ela que agora tirava do pé o sapato de salto quebrado, obra do tropeço. Era Sharon. Figurino completo. Vestido *mid* preto, maquiagem impecável, lencinho na mão. Pronta pra performar tristeza da melhor forma possível, sem comprometer o rosto. Reparou que se apoiava em mim e sacou a mão ligeiro, fazendo com que se desequilibrasse e quase caísse de novo. Quase porque segurei. Ficamos naquela, as duas de cara feia, até eu perceber que ela já conseguia se equilibrar. Cada uma que se limpasse mais que a outra, como se a gente tivesse se sujado horrores. Ai, Deus. Avistei Jeferson e Daniel e fui me juntar, ela apressou o passo, o quanto pôde, e veio atrás. Fomos em silêncio mesmo, não tinha muito o que fazer. A gente nunca se bicou, nem quando ela ainda era outra pessoa.

Jeferson e Daniel estavam encostados num túmulo alto. O casalzinho preferido, desde sempre. Daniel fumava enquanto Jeferson enrolava o cabelo solto do namorado nos dedos. Como Daniel era branco feito uma visão e seus cabelos pretíssimos geralmente cobriam os olhos, parecia muito que ele tinha parado o barco na estética emo em 2007 e de lá ele não ia sair mais. Aquelas olheiras obscuras me cumprimentaram serenas, seguindo uma baforada:

— Oi, Rose... — Jeferson, que ainda era Jeferson então, me puxou para um longo abraço. Não era um abraço de pêsames nem nada do tipo. Era pura saudade. — Terrível que a gente more na mesma cidade e só se encontre numa circunstância dessas, né? — ele disse.

A gente se gostava, de verdade, mas o tempo era muito difícil para todo mundo e já não havia as obrigações do dia a dia que nos mantinham unidos. Jeferson tinha os olhos mais expressivos que eu já vi, de um verde-escuro e sem fim. Ficamos ali nos olhando por um tempo. Eu gostava de Jeferson e de Daniel. Era uma das únicas coisas na vida que parecia ser certa. Que parecia que ia durar mesmo quando o resto do mundo começasse a ruir.

Você no canto, de camisa social. Era uma entrevista de emprego que você tinha naquele dia? Algo assim. Mas fez questão de ir. E ganhou um ponto no cunhada *card*. Mas ainda assim era esquisito, você ali. Urubuzando. Menos um ponto. Noves fora. Eu sempre tinha essa sensação que você só queria da gente eram as histórias. Cumprimentei, porque fui muito bem educada. Segui a vida. Queria mesmo era ver o caixão.

Os poucos familiares se juntaram por ali, perto do defunto. Cada qual que fosse mais falso. *Ok, Tia Fátima, era um menino de ouro. Ótimo! O quê, Odete? Conferindo as flores pra ver se são verdadeiras porque no enterro do seu marido colocaram flores de plástico? E você medicadíssima só percebeu porque não havia perfume? Está processando os canalhas? Muito bem.* You go, girl! Cheguei bem perto do caixão. *Não custa nada conferir.* Aquele rosto. Me saí. *Respira fundo, tá tudo bem. Vamo ali pra trás. Você só tá se tremendo, agora é só pegar o celular e conferir a franja no reflexo, que ninguém viu nada. Ninguém viu.*

Bianca! Finalmente. Depois de encerrar a peregrinação de cumprimentar e conversar olhando nos olhos de todo mundo da família do defunto, Bianca conseguiu me dar dois reais de atenção. Lindíssima, como sempre. Sem esforço nenhum. Toda vida que a via nesses momentos pensava como era difícil pra ela ficar sem sorrir, ela que era essencialmente uma pessoa muito feliz. Convidei para um abraço e afaguei a cabeleira cacheada em meu ombro. Senti todas aquelas lágrimas que ela não iria derramar. *Tá tudo bem, agora. Ele não vai voltar, eu juro*, pensei. Respirou fundo, se recompôs e me encarou.

— Obrigada por vir, gata.

— Eu não poderia deixar você sozinha. — Ela ensaiou um sorriso.

— Tô muito feia? — perguntou, apontando para a situação capilar.

— Tá linda, Bia. — Abriu um pouco mais aquele sorriso que iluminaria até as mais profundas catacumbas.

— É por isso que eu te amo.

— Eu também. — *Eu, eu... também.* Bianca escapou como areia das minhas mãos e foi em sua direção. Você me olhava e eu te encarei de volta, com a expressão mais mal-encarada que eu conseguiria passar através dos meus óculos enormes. *Cuidado com ela*, pensei. Você entendeu. Baixou a cabeça. Eu tinha um certo receio com sua presença porque nunca parecia que você estava realmente ali. Bia dizia "é que ele é muito observador", *um-hum*. Ela te abraçou e meus olhos se contraíram involuntariamente. Fingi enviar uma mensagem de texto.

Por incrível que pareça, quando o caixão que carregava o que um dia foi Pedro tocou o chão e os coveiros começaram a jogar pás de terra, ninguém no cemitério inteiro começou a cena de musical que eu havia roteirizado em minha cabeça para o momento. "Ide em paz", o padre disse.

Ide à merda, isso sim.

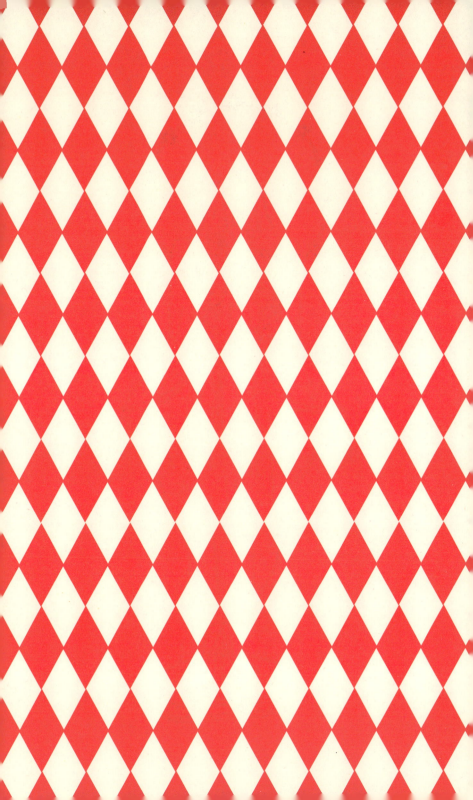

MADAME

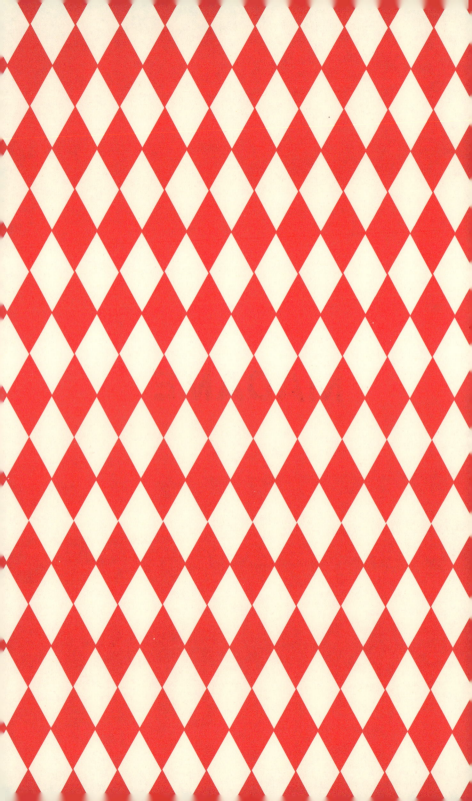

A Ribeira era como ela mesma. Sobrevivia de paradoxos. O bairro que à noite era habitado por poesia, boemia, mistérios e amores proibidos, pela manhã dava lugar à rotina cansada das repartições públicas, ao cheiro de peixe, ao ir e vir dos tantos ônibus. *Tudo é equilíbrio*, pensava.

A cruel verdade é que, enquanto caminhava pelas ainda frias ruas da Ribeira, Madame Xanadu chorava lágrimas que não eram dela. Se seus braços fraquejaram e suas pernas tremularam é porque há muito tempo existiu uma dor muito grande no corpo que então era sustentado pelo salto sempre alto. Uma dor tão tremenda que acabou abrindo um buraco gigante o suficiente para que Madame pudesse existir. E doer junto com as dores que nunca entendeu.

Se pegava sozinha pensando em seu enterro. Em como Rose lhe colocaria um vestido vermelho, estilo melindrosa, e faria os cabelos brancos, só para deixar todo mundo de orelha em pé. Pensou em sua lápide, no que gostaria que estivesse escrito. Depois pensou que lápide era uma coisa muito de filme e que talvez ninguém levasse a sério o bilhete que deixaria ao lado da cama com dizeres livremente inspirados em Clarice Lispector, a quem invejava bastante. Dizia sentir as coisas parecido com a escritora, mas a maioria das vezes não sabia nem o que dizer, quanto mais o que criar. Acreditava não ter talento algum.

Os clientes do Café Salão falavam que Madame cantava muito bem, mas ela sabia que era mentira. E ria de boca bem aberta enquanto brincava de enxugar os copos. Sonhava mesmo em ter o dom da escrita, em poder se expressar de maneira "concreta", como ela diria. "É por isso, poeta, que eu preciso que você escreva essa história sobre mim. Não há ninguém mais indicado que você." Não havia. Não esqueci.

Não precisava. Ninguém ali iria julgar, mas Madame Xanadu andava em passos firmes. Um pé, depois o outro. Não rápido, só firme, sem hesitar. Degustando a Ribeira pela última vez, esse bairro luminoso e mal-assombrado que a havia ensinado a mastigar sua tristeza bem devagarzinho, transformando em boemia. Um senhorzinho corcunda abria as portas da igreja ladrilhada, que ela sempre avistava de longe em suas madrugadas no café. Agora, observando-a aberta, sentiu-se tentada a entrar no templo. Perguntou-se se acreditava em Deus. Ou deuses. Ou qualquer coisa que valesse a pena acreditar. A igreja era bonita, coisa de rico mesmo. Santos à frente e anjos por toda parte. Bancos de madeira que nem rangia. Mas enfim? Acreditava em algo? Não sabia. Simplesmente ajoelhou-se e fez o que achou ser a coisa certa naquele momento.

Deus, sou eu. Hoje é meu último dia. Eu não volto mais. Mas foi legal existir. Bem diferente de qualquer outra coisa. É só que... Não dá. Eu não consigo. Não com todas as lágrimas e tal. Mas a vida foi realmente muito divertida, até o momento em que deixou completamente de ser. E eu não acho que ninguém deva ser obrigado a continuar convivendo com algo tão triste e desconfortável. Então, é isso. Beijos, até mais. Amém, finalizou seu monólogo mental e fez o sinal da cruz. Aquilo lhe trouxe uma certa paz. Não pelos motivos que trariam paz a um ser humano católico apostólico romano, mas porque Madame Xanadu gostava de reproduzir em sua vida cenas que vira em filmes ou videoclipes e, naquele momento, sentia-se um pouco como Madonna em "Like a Prayer". Um pequeno sorriso recortou seu rosto.

Deixou a igreja e, ainda nos degraus de entrada, buscou na jaqueta cigarros e isqueiro, fazendo aparecer também o papel. O tal do papel. Observou a receita médica por um tempo e a trouxe para fora, de modo a verificar se a assinatura não tinha sumido ou a prescrição mudado da noite pro dia. Não, não. Estava tudo ali. Havia sido difícil convencer o doutor, mas, após a quarta dose e cantar a música que ele tanto havia pedido, "me lembra minha esposa", o carimbo finalmente lhe saltou do bolso. Acendeu o cigarro e guardou tudo de volta, inclusive as lembranças. *Esqueça a tristeza um pouquinho, Madame, vamos nos despedir em grande estilo desse lugar que você tanto ama.*

Enquanto desfilava majestosa pelas ruas do antigo bairro, distribuía cumprimentos aos mendigos e comerciantes que abriam as portas, jogava o cabelo aos ventos e agradecia às buzinas dos primeiros ônibus que deixavam o terminal. Sorria e sorria e sorria, a Madame, estrela do local. Aquelas calçadas mal cuidadas que empoçavam água tão facilmente, aquela gente cinza, suja e feia de cara emburrada se acumulando pelos cantos e aqueles prédios em estado de calamidade pública não lembrariam dela de outra forma que não aquela. A boa e velha Madame Xanadu.

Quando estava para cruzar a última fronteira e deixar o bairro, Madame parou ao lado de uma boca de lobo e sentou-se, na calçada mesmo. Sentou e viu a lembrança chegando. E não soube como parar. Lembrou de quando ainda não era ela, e Daniel ainda era Daniel, e ainda estava aqui. A primeira festa, as mentiras contadas pros pais. Todos fantasiados no halloween do Café Salão, antes de Nalva desistir completamente de receber eventos de adolescentes, por pura autopreservação.

Era o aniversário de Bianca? Não conseguia recordar. Tudo brilhava intenso e era novo demais para eles. Rose tinha providenciado identidades falsificadas, embora na primeira tentativa tivesse imprimido uma versão que atestava ter Daniel nascido em 1887. O que até fazia um pouco de sentido, se fosse levado em consideração o fato de que o jovem poderia facilmente ser confundido com um vampiro. Jeferson, que ainda não o conhecia muito bem, nutria um sincero medo do amigo de sua amiga Rose.

Já no ônibus, riam muito, embalados pelo vinho adocicado baratíssimo comprado no supermercado. O balanço da condução acabou por entregar na Ribeira um grupo de jovens que exalava álcool e açúcar pelos poros. Muito cedo na festa, Jeferson já não avistava mais Daniel lá dentro. Saiu esbarrando na multidão suada e encontrou o projeto de vampiro na calçada, ao lado de uma boca de lobo. Havia passado mal com o calor e o finíssimo vinho, muito embora ninguém o tivesse forçado a colocar aquele sobretudo. Jeferson se aproximou, mais com a intenção de conter algum dano do que qualquer coisa. Daniel lhe sorriu desorientado e falou:

— Tá uma sauna ali dentro.

— É. Mas tá tocando Smiths. Tu que gosta, né?

— É sim, como que você sabe?

Jeferson, que estava fantasiado em trajes oitentistas de ginástica, sacudiu um pouco da poeira da calçada e sentou do outro lado do bueiro. Observava Daniel cambalear.

— A letra daquela música no caderno de Rose.

— Sim, sim! Fui eu. *There's a place if you like to go, you could meet somebody who really loves you.*

— Isso. Eu sempre achei que essa música fosse do t.A.T.u.

— O quê?

O susto foi tão grande que Daniel começou a vomitar ali mesmo, encostado na boca de lobo. Jeferson prontamente segurou o jovem que conhecia havia pouquíssimo tempo e encontrou-se próximo demais daquele bueiro. Próximo o suficiente pra sentir todos os odores misturados que circulavam por debaixo dos esgotos da Ribeira.

O cheiro ainda é o mesmo.

Sabe-se lá de onde, Madame sacou uma uisqueira. Enquanto apertava os olhos, tomou um longo gole do que quer que estivesse ali dentro. A *nós*, ergueu performaticamente a garrafa ao céu e derramou o que sobrou do seu conteúdo na boca de lobo. Ao cair da última gota, deixou também que a garrafa fosse levada pela correnteza de podridão humana. Lembrou de novo do seu velório imaginário.

Eu não era triste, só estava cansada.

Uma bela lápide.

SHARON [REC]

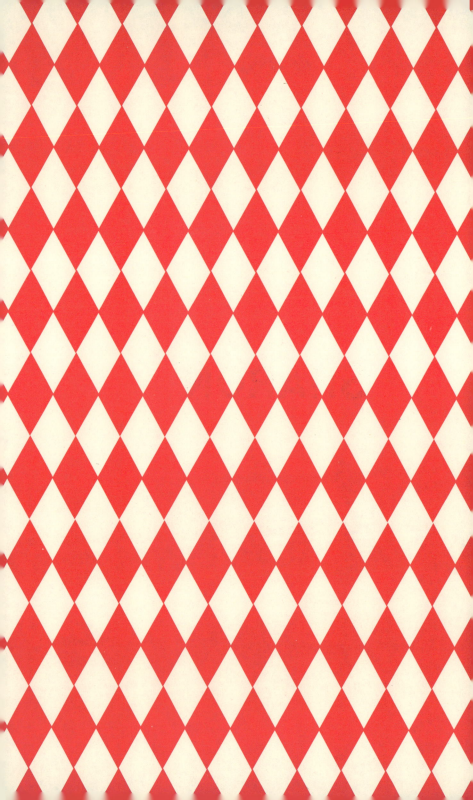

NÃO, EU NÃO VOU FALAR MEU NOME PRA CÂMERA nenhuma. Claro que eu tô chateada, né? Eu venho aqui achando que é pra gravar uma coisa, você me pede outra e ainda quer que eu fique tranquila com isso? Olhe, eu não sou a maior fã desse assunto. Não mesmo. Inclusive, Rose já deve ter falado o suficiente pra você achar que ele é a pior pessoa do mundo, né? Não, não. Não precisa desligar nada, não. A questão é que pra entender tudo você tem que ir lá atrás. É meio impossível contar essa história sem falar do que aconteceu há dez, quinze anos. E mesmo nós, que passamos por tudo isso, a gente tem dificuldade em entender, porque tem muito pedaço perdido nesse quebra-cabeças. Vá fazendo o favor de me passar esse conhaque.

A gente tinha nossos dezesseis, dezessete anos e, sem exceção, todo mundo ostentava uma aparência meio deprimente. Ser adolescente é sempre uma experiência de risco, porque você só percebe algum tempo depois o quão ridículo você conseguia parecer. Por exemplo: eu nunca cheguei a entender por que as pessoas achavam interessante sentar-se em rodas e cantar aquela música inteira do Legião Urbana, como se fosse algo para se orgulhar, saber a letra inteira de uma música. Parecia uma competição, mas, se você fosse perguntar quem era o delta na fórmula de Bhaskara, ninguém sabia.

Embora no violão de Pedro o som fosse outro, não eram os acordes de Nirvana que magicamente o dariam a capacidade de responder a mesma pergunta. E não é como se eu me importasse. Talvez se ele tocasse É o Tchan eu ficaria igualmente vidrada enquanto ele passeava os dedos entre as cordas. Para um garoto da idade dele, ele era tão atraente quanto poderia ser, com suas olheiras e cabelo castanho mal lavado, amarrado na altura da nuca. Eu estudava com Pedro desde a sétima série, e desde a sétima série eu já sonhava em casar, ter filhos e morar numa casinha branca com ele. Sonho esse que era massacrado diariamente pela imagem de uma moça morena de cabelos cacheados sendo afagada pelos braços de meu projeto de príncipe. A competição era bastante desigual, porque Bianca era tipão já, chamava atenção da escola inteira e tinha um brilho diferente no olhar, enquanto eu era só... André. Andrezinho, magrinho, baixinho, lourinho e, para completar, menininho.

É fácil demais subestimar a adolescência quando não se é mais adolescente. Muita gente tende a esquecer o quão cruel é essa fase, onde você precisa se conhecer, se entender, se afirmar e decidir que decisões tomar. Não é nada fácil ser adolescente, ou seguro. Hoje eu me pareço um pouco mais com o que eu gostaria de ser, mas naquela época havia muitas barreiras e algumas delas estavam completamente fora do meu controle.

Pedro estava namorando com Bianca havia uns quatro meses e, naquela sexta-feira, eles tiveram uma briga feia por algum motivo imbecil que sempre toma grandes proporções quando se é adolescente. Por isso, Bianca mandou avisar por Jeferson que não iria para o sarau que Pedro passou a semana inteira enchendo o saco da gente pra ir. Quando os meninos disseram que seria num castelo, eu, que sempre fui muito princesa, me animei logo. Daniel aproveitou que o pai estava viajando e pegou o carro "emprestado" para nos dirigir perigosamente até o local. Por incrível que pareça, não houve feridos, e às onze Daniel estacionou o Gol verde na rua de barro em frente ao tal castelo, que pouco me lembrava os contos de fada da infância.

Olhe, eu não entendo Natal. Não sei se é porque eu não sou daqui, mas pra mim sempre foi um esforço enorme compreender o que faz as pessoas começarem a ir muito em lugares que estão gritando por uma visita da vigilância sanitária. Desci do carro e tentei bastante parecer *cool*, enquanto decifrava as mandalas e apanhadores do sonho que se distribuíam de forma irregular na entrada do estabelecimento. Ao lado da porta, duas tochas de fogo. *Eu já posso voltar?*

A lua nova não contribuía com o único poste em funcionamento e o descampado estava coberto por uma penumbra quebrada apenas pelas pontas de cigarros, quaisquer que fossem os cigarros. Naquele tempo eu tinha um pouco de medo de tudo. Fui andando atrás dos meninos, enquanto passávamos por seres tatuados, penteados moicanos e moças de saia indiana e sandália de dedo. Entramos no castelo de ares medievais e, enquanto eu tentava respirar fundo e me acostumar com aquele ambiente, uma espécie de arlequim começou a sacudir um chocalho de cobra perto de nós. Com um gesto, pediu silêncio e nos conduziu a uma escada para, sim, descer em direção à masmorra. *Meu Deus, por que eu vim?*

A descida estreita e pouco iluminada nos levou a uma antessala com iluminação vermelha e um sarcófago de alvenaria no meio da sala. Pra nada, sabe? Um sarcófago ali na minha frente e eu apenas pensando em não desrespeitar os faraós e em como eu faria pra sair se a bituca de alguém causasse um incêndio naquele bueirão escuro. Chegamos enfim ao nosso destino: uma sala vazia, todo mundo sentado encostado nas paredes, observando uma figura que discursava algum texto do qual não consegui abstrair sentido algum. Sentamos.

O cômodo inteiro era iluminado por uma única lâmpada incandescente que pendia no meio da sala, tornando a figura do cabeludo ainda mais assustadora. Uma salva calorosa de palmas seguiu o fim do discurso do maluco descabelado, fazendo com que ele saísse do meio da sala e fosse sentar espremido entre duas garotas também de saia indiana e sandália de dedo. Um silêncio cruel se seguiu, até que alguém levantou casualmente do canto mais escuro da sala. Calça jeans surrada e camisa de flanela, clichê do clichê. Pedro se dirigiu ao centro com toda aquela bossa, e o meu coração automaticamente começou a bater descompassado. A gente às vezes consegue ser tão ridículo como pode ser e naquela hora eu talvez fosse a pessoa mais abestalhada de toda a sala. Ele tinha um efeito aterrador em mim. Desdobrou uma folhinha pautada e, com muita convicção e uma ebriedade um pouco forçada, recitou talvez a pior poesia já escrita na história da humanidade.

Sério.

Eu não acho que ele sabia o que significava boa parte das palavras que usou. Também não acho que o resto da sala sabia. Ou se importava. Acho que era mais uma tentativa de expressar um sentimento que nunca foi sentido antes, e que isso passa por falar palavras que você não entende o significado? Não sei? Naquele momento eu só estava desesperadamente preocupada em encontrar algum sentido praquilo ali.

Mas tava tudo errado mesmo. O texto, a folhinha, a performance, tudo. Tudo errado. A poesia tão ruim, mas tão bonito o rosto. Fiquei sentindo uma enorme vergonha, por dentro. Pelo menos, seguindo a tendência, a sala inteira aplaudiu fervorosamente, enquanto ele nos identificou e começou a procurar Bianca com o olhar.

Ele ficou tão bêbado, mas tão bêbado aquela noite, que os meninos acharam por bem levá-lo para dormir lá na casa de Daniel, aproveitando que o pai não estaria por lá. No carro ele gritava e cantava e se esperneava, dizendo que queria voltar, que o mundo dele estava ali e que ele não queria nunca mais deixar aquela roda, aquelas pessoas, a arte, a poesia e tudo o mais, até que, finalmente, dormiu. Ele bem que sabia encher a paciência, quando queria.

Quando chegamos na mansão de Daniel, ele me ajudou a carregar Pedro até o quarto de hóspedes e me encarregou de cuidar do artista, para que ele não se afogasse no próprio vômito, ou coisa do tipo. Ele e Jeferson iriam dormir no andar de cima. Com um certo esforço, consegui arrastá-lo até o banheiro e o coloquei embaixo do chuveiro, ainda de roupa. Ali, sentado no chão e inconsciente, o homem mais bonito do mundo, à minha frente. E eu podia fazer o que quisesse com ele, que ele não iria lembrar. E eu poderia finalmente tê-lo em meus braços, por um momento e abraçar bem apertado e dizer que eu sempre estaria ao lado dele para ouvir suas poesias ridículas, mas não. Não desse jeito, não assim. Não contra a vontade dele, não sem ele saber. Quando vi que ele começou a abrir os olhos, saí do banheiro e deixei que ele terminasse seu banho sozinho. Sentei na cama e liguei a televisão. Não que eu quisesse mesmo assistir, apenas liguei pra quebrar o silêncio e lidar melhor com toda a doideira que se passava na minha cabeça. O filme era um pouco familiar... *Instinto selvagem*? Sim, sim. *Instinto selvagem*. Como era bonita e marcante aquela atriz, né? E o cruzar e descruzar de pernas...

O ruído do boxe se abrindo deu a deixa para que um Pedro ainda cambaleante, com a toalha enrolada na cintura deixasse o banheiro. Fiquei um pouco vermelha. Ele observou o filme que passava e disse:

— *Basic Instinct...*

Bêbado como mil demônios bêbados, se aproximou de mim enquanto eu ficava mais e mais sem jeito. Passou uma mão por trás da minha cabeça e me segurou com força os cabelos da nuca, fazendo com que eu sentisse um misto de prazer e medo intenso. Trouxe seu rosto para bem perto do meu, de forma que eu conseguia sentir o cheiro forte da cachaça, e voltou a pronunciar, em seu inglês fuleiro:

— *Did you know you look a lot like Sharon Stone?*

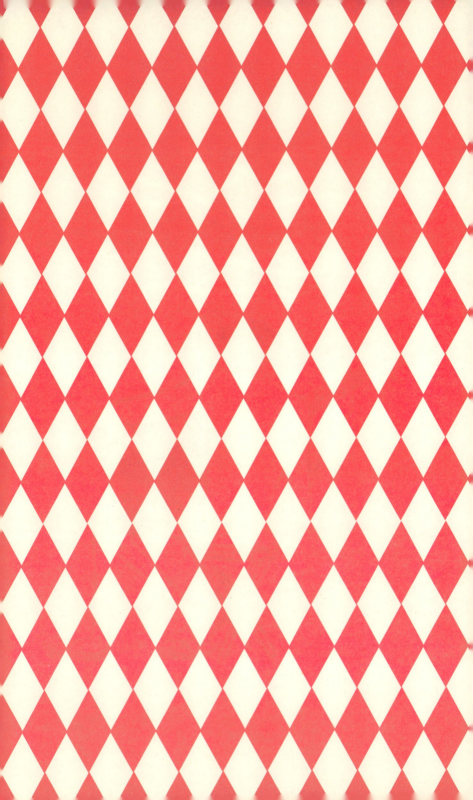

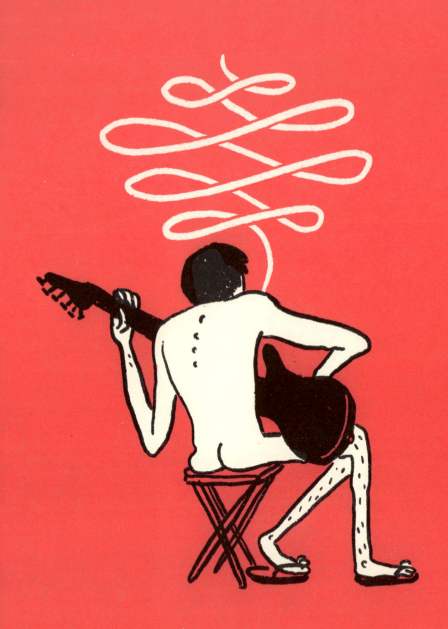

MADAME

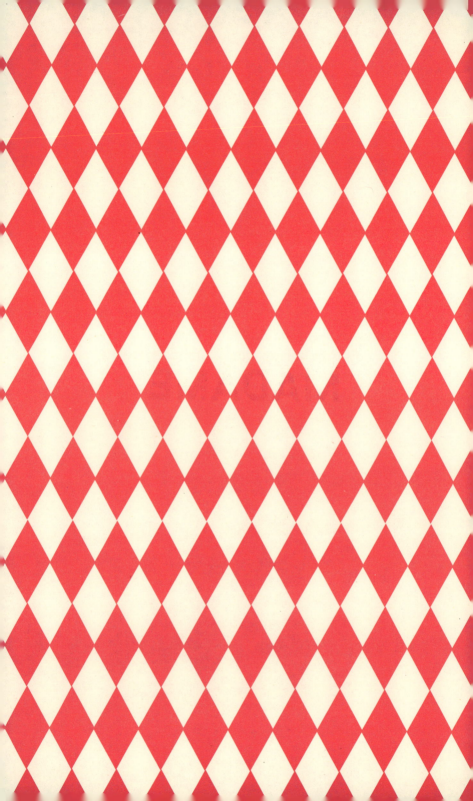

Um, dois, três, quatro, cinco.

Um, dois, três, quatro, cinco. Um, dois, três, quatro, cinco. As longas unhas quicavam no engordurado balcão de vidro.

Um, dois, três, quatro, cinco. Um, dois, três, quatro, cinco. Pequenas caixas acumulavam-se de forma desleixada ao fundo da farmácia enquanto uma vendedora buscava o medicamento cuja receita médica havia sido desamassada à sua frente. O tédio tinha corroído tudo de bonito que havia em sua vida.

Um, dois, três, quatro, cinco. Um, dois, três, quatro, cinco. Compraria alguma outra coisa, para disfarçar?

Um, dois, três, quatro, cinco. Um, dois, três, quatro, cinco. Qual será a parte tão difícil de encontrar um remédio em uma prateleira?

Um, dois, três, quatro, cinco. Um, dois, três, quatro, cinco. Um, dois, três, quatro, cinco. Um, dois, três, quatro... A moça levantou e seguiu em direção ao balcão com a caixa em mãos, sacudindo levemente seu conteúdo de um lado para o outro, enquanto Madame acompanhava com o olhar cada movimento da embalagem. Dali pra frente não entendia mais se estava vendo em *slow motion*, ou se era Leidejane (agora via o crachá) que fazia questão de gastar o mínimo de energia possível em cada passada. Enfim pousou em cima do balcão a caixa atravessada por uma chamativa tarja preta *Por favor não pergunte nada, por favor não pergunte nada, por favor não pergunte nada.*

Na mente de Madame, em todas as vezes que imaginou seu melodramático último dia de vida, ela teria que provar para a vendedora que merecia levar a caixa. A moça só entregaria o remédio quando Madame Xanadu, com lágrimas nos olhos, contasse sua história e explicasse o porquê da vida ter se tornado tão insustentável. Na vida real, teve que escolher entre crédito e débito.

— Crédito.

Por mais doloroso que fosse, nunca mudou a senha do cartão. Transação aprovada. O que fazia com que, a cada compra, saque, transferência ou recarga de celular, tivesse que rever aqueles números. Imprimir via do cliente. O aniversário de Daniel. Retirou a caixinha envolta num saco plástico de cima do sujo balcão e a fez sumir na jaqueta. Daniel, Daniel, Daniel, Daniel, Daniel... Deixou a farmácia e se deixou envolver em Daniel.

Não entendia como um nome poderia ser tão forte como esse. Pelo menos duas vezes ao dia, esquecia de como ela própria se chamava, falava ou agia antes de se tornar Madame Xanadu, mas Daniel não. O toque, a voz, o cheiro e o jeito estavam sempre ali. Era só ouvir o mínimo D de Daniel que tudo voltava como um turbilhão. O que a confundia profundamente, pois sabia nunca ter encontrado tal nome enquanto viveu. O nome Daniel era de Jeferson, só dele, mas por que Madame não conseguia guardá-lo na gaveta junto com todas suas outras memórias? É possível amar alguém que nunca se conheceu?

Você tem que andar para sua casa, mulher. Tem que por um fim nisso logo, vamos. Madame voltou ao seu lento caminhar e parou de súbito, tentando enxergar quem outrora fora. Mas tudo veio como uma lembrança embaçada e turva, como quando tentamos lembrar de alguém que morreu há mais de dez anos sem a ajuda de fotografias. Madame não viu Jeferson, só conhecia o nome. E até o nome Jeferson lhe soava fraco, falho, quebradiço, como o déjà-vu de um sonho. Pensou que seu nome talvez tivesse se perdido e riu um riso besta e sem força. Sem graça.

Fechou os olhos e viu Daniel à sua frente, com um cigarro na boca. Sentiu o cheiro da fumaça se juntar ao perfume amadeirado. Tudo voltou. Daniel, branco como uma alma e lindo como um anjo. Daniel e seus cabelos finos e negros, jogados por sobre a testa, suas imutáveis olheiras profundas e seu toque suave. A camisa preta desbotada, o jeans velho e aquele sorriso estranho que não parecia sorriso, mas que Jeferson sabia que era sorriso. Daniel andando pela casa, cigarro entre os dedos, cigarro sobre a orelha e cigarros dentro da carteira, no bolso. Daniel triste, medonho e psicopata em potencial. Daniel dando voltas na sala e pensando em sua nova composição. Daniel espalhando as cinzas em cada um dos oito cinzeiros do apartamento. Daniel cantarolando Radiohead baixinho pra não ver o tempo passar. Daniel passando o café, enquanto Jeferson já foi dormir. Daniel dos paracetamóis e anfetaminas. Daniel andando de óculos escuros dentro de casa. Daniel guitarra elétrica e conhaque. Daniel declarações de amor. Daniel só mais um quartinho. Daniel deixando o cabelo crescer pra prezar pela imagem da banda (que banda?). Daniel coleção de facas. Daniel que amava Jeferson que amava Daniel que amava Jeferson (...) que amava Daniel que não amava mais porra nenhuma! *Acorda, Madame! Cê tá no meio da rua!*

Xanadu acendeu um cigarro em memória do príncipe encantado que não conheceu. Daniel. Não havia uma só pessoa que tivesse desgostado dele. Apesar da aparência sombria e de não ser um rapaz de muitas palavras, ainda havia em Daniel uma leveza de criança. E tinha algo de muito doce em poder decifrá-lo diariamente e saborear cada cadeado destrancado do baú. Jeferson sabia de tudo isso. Madame era apenas espectadora. É possível sentir saudade de alguém que você nunca viu?

Entre um trago e outro, entre um lapso e uma lembrança, entre um sorriso e uma lágrima, Madame tornou a seguir com seus passos, sem muita pressa. Tomou o rumo de seu apartamento enquanto começava a montar um quebra-cabeças mental, no qual sempre estaria faltando uma peça. Por quê, Daniel?

Por que seu nome ainda machuca tanto Madame Xanadu?

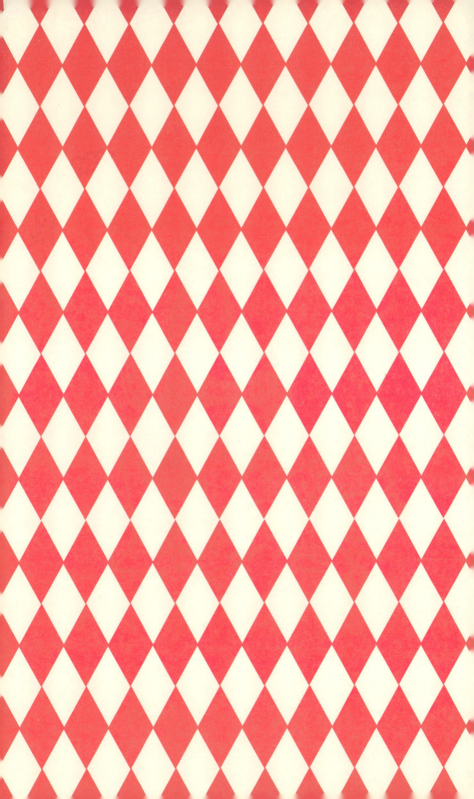

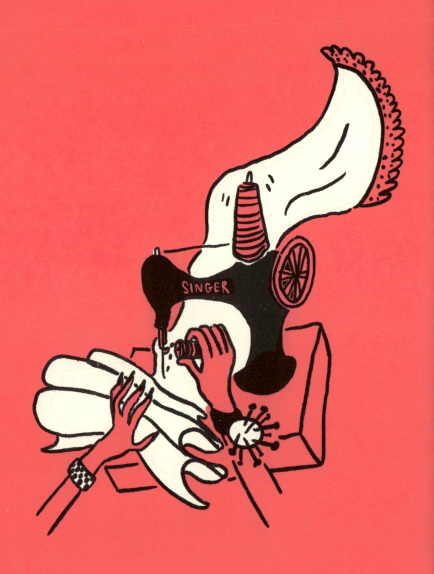

ROSE [REC]

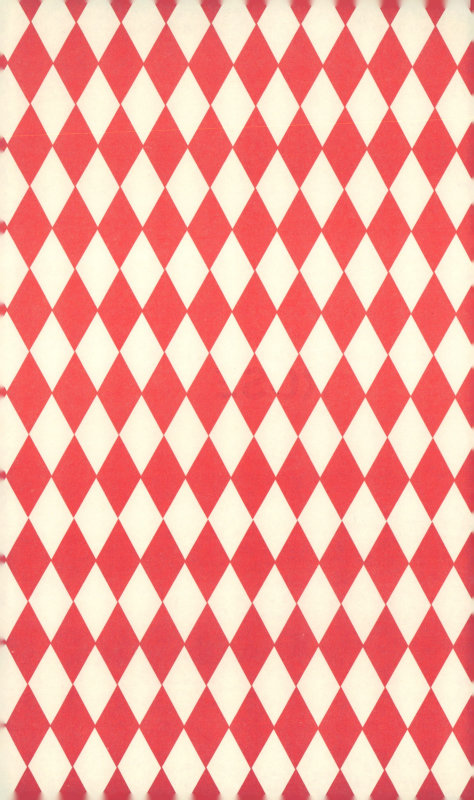

EU ESTARIA MENTINDO SE DISSESSE QUE NÃO SEI PRECISAR exatamente qual foi o momento em que percebi. Acho que a pior coisa de se dar conta é começar a se enxergar como um monstro. Você acredita que as coisas que se passam na sua cabeça são horríveis e por causa disso não consegue compartilhar aflições com ninguém. Você tem mesmo certeza que quer escutar isso? Bem, é com você.

Era tudo muito natural e, no começo, nem eu mesma conseguia enxergar como um problema. Nossa família achava muito bonita a relação que a gente tinha e a forma maternal com que eu sempre protegia a minha irmã, qualquer que fosse a circunstância. Se hoje pego nossas fotos quando criança, consigo ver. Sempre esteve ali. Desde o berço, de Bianca aprendendo a andar, as duas indo para a escolinha, nos vestidos de São João, nos fins de semana na praia... Sempre ali. Mas é muito difícil ser criança e absorver coisas que estão além da sua compreensão e além da aceitação de todos. Rose e Bianca, Rose e Bianca, Rose e Bianca. Meu nome sempre vinha à frente nas legendas atrás da fotografia, talvez por ser a mais velha. Mas não era de mim que vinha o sorriso mais bonito, os cachos mais frenéticos e os olhos mais altivos, cheios de palavras para derramar, mesmo que presos em retratos antigos. Bianca sempre soube exatamente para onde queria ir e por isso trilhava firme seu caminho, enquanto eu me arrastava atrás, para onde quer que ela fosse.

"Vamos, Rose! Vai ser ótimo!", é provavelmente a frase que eu mais escutei no meu convívio com Bianca, que costumava vir seguida de um extenso e meloso "por favor".

Na maioria das vezes era algo do qual iria me arrepender profundamente depois, mas não tinha a capacidade de dizer não a ela. Era maior do que eu. Eu simplesmente congelava e acabava cedendo. Dessa vez, então, não foi diferente. Não lembro em que ano foi, só lembro que Bia estava no primeiro do ensino médio e eu pra me formar.

Eu, uma catástrofe visual. Cabelo preto curto e estaqueado, espinhas, muito lápis de olho, cordões e pulseiras adornando extremidades e qualquer camisa preta, quanto mais surrada, melhor. Não conto as vezes que me perguntaram se eu era irmã de Daniel, ou mesmo me confundiram com ele. Bianca, que nada tinha de parecida comigo, ostentava uma cabeleira gigante que chamava muita atenção e um único brinco que eu nunca perdoei, daqueles de pena. Seus olhos pareciam estar sempre atentos a tudo. A boca se destacava pelos lábios recobertos daquele *gloss* podre sabor melancia, adornando um sorriso que preenchia todos os vazios. O sorriso e o cheiro processado e falso de melancia, por todo lugar. E o brinco de pena, que não chegava a estragar o conjunto da obra. "Por favooooooooooor..." Ok, eu me rendo.

A nova de Bianca era uma peça do grupo de teatro da escola. Bianca era do grupo de teatro? Não, mas, por algum acaso do destino, acabou com o papel principal. Pois é. Eu sempre achei teatro um saco e não sei de que forma ela conseguiu me sentar na frente daquela máquina de costura para confeccionar todos os figurinos. Quando vi, já estava escutando o tec-tec-tec. Realmente não sei, fazia parte da mágica dela. O jeito como ia falando falando falando e conseguindo tudo que queria. Doze roupas em um mês. Não seria tão difícil. Difícil mesmo era lidar com aquela gente de teatro. Isso sim. Porque atores vivem num mundo só deles, onde todos os outros são coadjuvantes de sua trama pessoal e a narrativa que estão criando na cabeça é sim a coisa mais importante acontecendo no mundo. Qualquer desastre terrível se tornava ínfimo perto de seus dramas de apartamento. A máquina de costura ficava ao canto da ampla sala de ensaios, para facilitar as provas de roupa. A localização estratégica acabava me dando uma vista prestigiada dos quase vinte pesadelos de Wolf Maya andando pela sala envoltos em seus universos particulares. Inclusive Bianca, de malha, blusão e o famigerado brinco de pena.

O grupo se preparava para encenar *A Gata Borralheira*, com direito a fadas madrinhas, ratinhos e abóboras. O príncipe de Bianca era um rapaz com um aspecto sujo e cabelos castanho-claros desgrenhados. Ele sempre parecia cansado de tudo e de todos e se esforçava ao mínimo nos exercícios. Não deixava de lado nenhuma oportunidade de parecer melhor do que as outras pessoas, fosse por sua expressão blasé, fosse por seu ar de inteligência – que eu já suspeitava ser apenas ar mesmo. O garoto não fazia nada que valesse nos ensaios e ainda assim todos os menininhos e menininhas carentes tratavam-no como o grande prodígio do grupo.

A insegurança dominava Bianca, e os ensaios da escola nunca lhe eram suficientes. O tempo que ela tinha livre em casa usava para passar o texto, deitada na cama, de frente pro espelho, subindo e descendo as escadas. Não contei menos de vinte vezes que tive que passar com ela as cenas em que contracenava com o príncipe. "Por que você não liga praquele babaca, pra ele ensaiar com você? Não seria melhor?", "Porque não".

E foi aí que estranhei. Porque ela tinha ficado em silêncio. E eu bem entendia que as frases não sabiam se terminar ou começar em Bianca. Então tinha algo aí. Ela não é desse tipo de pessoa que entende bem o conceito de ponto final ou mesmo de deixar os outros falarem. Mas aquele "porque não" veio seguido de um silêncio fino, acompanhado de um vermelho que logo tomou seu rosto todo.

Não, cara. Não, né? É sério, isso?

E de repente eu comecei a sentir que engolia uma caçamba de gelo inteira. Todo aquele frio dentro de mim junto com um incômodo e uma vontade de correr e gritar desesperadamente pra ela NÃO SE APAIXONAR POR AQUELE COMPLETO IMBECIL, porque até o momento eu achava que o grande problema nessa situação fosse só a minha irmã mais nova interessada por um completo imbecil. Engoli em seco. Bianca voltou ao texto e talvez eu tenha demorado um pouco demais a reagir. Talvez uns cinco segundos até voltar. Talvez. Era um pouco demais pra mim. Mas já era véspera da peça, e ela precisava estar perfeita no palco para aquele babaca ou qualquer coisa que ele fosse.

No outro dia, eu conferia o resultado da minha primeira coleção. Tinha conseguido com folga e estava orgulhosa, embora apreensiva. Eu havia preparado um vestido excepcional para a Cinderela, levando em consideração minha inexperiência e o material que eu tinha. A armação da saia dava um ar de princesa ao vestido lilás de cetim brilhoso, e o *corselet* de tia Zefinha se encaixava sem esforço na silhueta de Bianca. Um, dois, três, vinte botões, ao todo, às suas costas, o que me dava números para me ocupar contando e assim pensar em outra coisa que não minha irmã entrando no palco em cinco minutos para a cena em que encontraria vossa majestade no baile real. O cabelo armado com proeza era entornado por uma tiara brilhante. *Nunca tão bonita*, pensei comigo. No fundo da coxia, uma barulheira.

Confusão sem fim, gente de teatro correndo. O diretor esbravejava chutando tudo que via pela frente. Pânico, terror e aflição. O príncipe não tinha aparecido ainda. Por um momento, enquanto Bianca corria em direção ao senhor de meia-idade, que agora arrancava os cabelos, eu finalmente consegui respirar e até esboçar um sorriso mental. *Ela vai ficar muito decepcionada*, pensei. *Extrema e absurdamente decepcionada*, mais um sorriso disfarçado. Os sorrisos foram virando gargalhadas psicológicas e eu já estava pensando em dar uma festa com todos os meus neurônios quando senti aquela mão tocando a minha. Não. Aquele olhar. Não.

Eu não lembro de ter dançado com outra pessoa daquele jeito. Talvez eu nunca tenha amado ninguém. Talvez tenha sido sempre só Bianca. Vestida com uma roupa escura que eu mesma havia costurado para um garoto imbecil e que me fazia parecer com uma paquita, valsei nos braços de minha amada. Você me perguntou qual foi o momento. Foi aí. Exatamente aí o momento em que percebi que havia algo de muito estranho e bonito dentro de mim. Foi aí que comecei a me perceber como o monstro que eu era. *Faça isso. Por mim.* Em meus dedos eu podia sentir os vinte botões do vestido e em meus olhos tentei ao máximo esconder a vontade que tinha de arrancá-los. *Não olhe para mim, Bianca. Não olhe. Estou vermelha porque sou sua irmã e estou constrangida de estar vestida de homem, não outra coisa.*

A cada som emitido pelo piano naquela longa valsa, eu começava a montar um quebra-cabeças com todas as explicações para atitudes absurdas que eu tinha tomado no passado, no que envolvia a minha irmã. E aquela música me dominava num grande misto de desconforto e êxtase e eu só conseguia pensar em como queria desesperadamente que aquele momento se acabasse o mais rápido possível ou durasse para sempre. Até que ela correu em busca de sua carruagem, enquanto a valsa continuava a ressoar por todo o teatro. Dei três passos tortos e apanhei o sapato órfão. Me recolhi para a coxia.

Agora só precisava respirar, nada mais. Eu não precisava beijá-la. Mas eu queria. Queria? O pequeno sapato de acrílico ficava mais e mais suado no contato com as minhas mãos, enquanto eu esperava a minha hora de entrar em cena novamente. Talvez todo mundo no mundo tenha esses pensamentos e só não se sinta à vontade para falar, não é? Não. Meu suor escorria, levando junto o *pancake* que cobria a acne juvenil. O coração palpitava, as pálpebras tremiam e finalmente eu conseguia entender aquela baboseira toda de borboletas no estômago. *Calma, Rose, calma. Talvez seja isso. Talvez você tenha mesmo que beijar ela e pronto. Ou deixar que ela aja, ou...* O sapato ensopado em suor havia sido tomado por outras mãos. Permaneci estática enquanto as mesmas mãos desabotoaram a camisa escura que estava sobre mim e vestiram seu próprio corpo. Jogou os cabelos para trás, de forma a parecer levemente despenteado e entrou no palco, passos firmes.

Príncipe Pedro provavelmente havia feito tudo de propósito. A barba por fazer, o atraso, o bafo alcoólico, as falas trocadas para arrancar algumas risadas do público, tudo isso. Fazia parte de seu pequeno show. Bianca parecia radiante. Sapato devidamente encaixado no pé de Cinderela, levantou e puxou sua princesa para junto dele, beijando-a cinematograficamente.

Naquela noite, algo muito frágil se quebrou dentro de mim. Não sei explicar com palavras o quê, só posso dizer que depois de observar de longe aqueles dois no foco de luz recebendo todas as palmas e gritos animados da plateia, percebi que não havia espaço para mim. Nunca haveria. E que existem certos sentimentos que não devem nunca vir à luz.

E não, eles não viveram felizes para sempre.

MADAME

"CUIDADO, MEU AMOR, PRA NÃO PISAR NA FELICIDADE
que transborda do meu peito e pinga no chão.
Já não cabe tanto amor dentro desse coração."
Madame cantarolava baixinho enquanto seu corpo começava a perceber aos poucos o calor da manhã. Natal sabia como ser quente na medida certa, às vezes. Naquele dia em especial, os raios de sol pareciam acalentar a dama, como se a cidade já soubesse o que ia acontecer. Sentiu-se aquecida. Natal é um presente que todo dia se deixava desembrulhar pelo sol. Gostava daqui.

Madame cantava, quase que sussurrando, aquela música que Daniel havia composto. Mas já faz tanto tempo, né? Já é agosto de novo e já faz um ano que não se ouve mais a voz dele se espalhando fraca e vagarosamente pelo espaço.

Quanto mais se aproximava da rua, mais os olhos procuravam o chão. Isso porque havia lembranças por todo lugar, então o chão era o ponto mais seguro para se manter a visão. *Que botona linda*, pensou. Existiam poucas coisas na vida que deixavam Madame orgulhosa e uma delas era aquele par de botas. Prestem atenção no truque: no espaço entre as negras pernas e as gigantes botas pretas e brilhantes de Xanadu, já estiveram uisqueiras, canivetes, cigarros, gorjetas e isqueiros. Madame caminhava e sentia a textura do calçado na ponta dos dedos. Andava de olhos semicerrados e tentava pensar na bota, na bota, na bota e mais nada. Aquele clipe das The Pussycat Dolls em que todas elas têm botas pretas e longas, como a dela. As botas da Xuxa e da Angélica, botas. Não demorou muito até que as botas encontrassem o degrau de entrada do prédio em que dormia, e o truque parasse de fazer efeito. Reparou nas manchas escuras que um dia foram chicletes se distribuindo pela curta escada. Não havia como evitar as lembranças a partir dali.

Nem Madame sabe por que não se mudou pra outro lugar. Não pensava nem na possibilidade. Aquilo ali era sua penitência. Seu purgatório. Voltar dia após dia pro Residencial Aureliano, prédio que, do alto dos seus quinze andares, talvez não entendesse tão bem por que aquela figura sempre a olhava como se estivesse caindo aos pedaços. É que ela não conseguiria enfrentar isso de outra forma. O drama lhe servia como válvula de escape. Era seu jeito de lidar com a delicadeza e fragilidade daquela situação. Sua forma de seguir pelo hall de entrada sem paralisar ou se desfazer em lágrimas em frente aos esparsos vizinhos daquela hora.

"Cuidado, meu amor... Felicidade..." Era pouco iluminada a espera do elevador. Isso porque Madame tratava de andar quase como se não se mexesse, para não ativar o sensor de movimento das luzes. No lusco-fusco se achava bonita demais, envolvida em mistério. O reflexo quase opaco das portas do elevador revelava seu contorno cósmico, emoldurado pelo pouco sol que ainda fazia questão de acompanhá-la. "Já não cabe tanto amor dentro desse coração..." Não entendia direito por que em seus momentos mais tristes cantarolava baixinho aquela música. Devia ser alguma forma de sentir Daniel por perto de novo, como se já o tivesse sentido algum dia. Que estúpida você, minha amiga, que estúpida. O choro lhe vinha fácil demais, devia ter sido atriz. *A Globo me perdeu.* A seta luminosa se acendeu e as portas se abriram, com toda a luz que ela não precisava naquele momento. Se sentiu quase estapeada e encarou os reflexos de dentro, que pouco deixavam para a imaginação. *Espelho, espelho meu, existe alguém mais deprimente do que eu?* O elevador triplo espelhado permaneceu pouco mais de dez segundos parado no térreo, encarando-a de volta. Só quando as portas estavam para fechar é que Madame entrou ligeira, quase como uma acrobata.

Apertou rapidíssimo o número sete e logo procurou o botão de fechar as portas. *Não há por que arriscar a possibilidade de semiconhecidos brotando do nada.* Sete. O número que a perseguia e causava calafrios.

Um – A luz que desceu filtrada pelo acrílico amarelo, por onde se podia ver a sombra de pequenos cadáveres de inseto se acumulando.

Dois – A mão repousou sobre o encosto frio, contra o qual Jeferson havia pressionado Daniel tantas vezes, em amassos etílicos.

Três – O chão de borracha preta desgastada com cola seca e amarelada sobrando pelos cantos.

Quatro – Três espelhos era um absurdo. Lembrou que, para se prender a alma de uma bruxa, é preciso colocá-la entre dois. Com três, então, se sentia mais que ameaçada. Em um descuido, se enxerga de perto demais.

Cinco – Ela se viu. Feia, grotesca, malmontada, deprimente, solitária, masculina, exagerada, alta, bizarra, estranha e feia.

Seis – Por trás de tudo e por dentro de si, ela viu Jeferson. E, de dentro dela, num lapso de consciência, Jeferson conseguiu se ver. Um sorriso lhe surgiu. Ela pensou: *É você que está dentro da minha cabeça, não é?*

Sete – A imagem (ou sensação, sei lá) de Daniel, logo trás. Se virou ligeiro. *Nada, não é nada.* Vertigem. *Você está ficando louca, mulher, só isso.* Abriram-se as portas.

Sétimo andar.

SHARON [REC]

Eu não disse nada disso aí, quem tá falando é você. Não é porque a gente não vive agarrada que eu não respeito ela. Eu entendo os motivos dela. Acho que a primeira vez que a vi de verdade foi naquela ida pra Camurupim.

Ora, quando os meninos disseram pra estar no supermercado às três da tarde pra comprar as coisas, eu não sabia que era porque o alternativo saía de quatro em ponto da parada que ficava em frente. Quando cheguei, não tinha era mais ninguém. O rapaz que vendia as passagens disse que se eu fosse ligeira pegava o micro-ônibus que tava saindo. Paguei peguei saí correndo, que visão bonita, e consegui subir cambaleando quando o motorista já ia arrancando. Até tinha pensado em não me prestar àquela humilhação, mas não tinha a opção de perder o último rolé antes de todo mundo terminar o terceiro ano. Coloquei a mochilinha de fio pra frente e passei na catraca. Isso na época eu ainda me fazendo de *boyzinho*, né, mas uma moça.

Quando dei fé, Rose sentada lá atrás. Puta merda. Não tinha o que fazer. Mesmo que tivesse lugar vago, eu fui muito bem educada pra não sentar do lado da pessoa conhecida. Ela reparou que eu vinha vindo e enfiou ainda mais a cabeça no livro que estava lendo, sinalizando que eu não precisava se não quisesse. Eu não queria nem precisava, mas já tava perto demais pra andar pra frente do alternativo, e o motorista deu um puchavanco que me empurrou mesminho pro lado de minha companheira de viagem.

— Menina, quanto tempo!

— Dedezinho Dark Angel, eu nem lhe vi!

Ela não tinha como não saber que eu tinha absoluto pavor a ser chamada pelo título do meu falecido, embora promissor, Fotolog. Foi ali mesmo que se decidiu qual seria o clima da peregrinação. Estampei um sorriso amarelo.

— Tás indo pra Tabatinga, é? — perguntei.

— Não, Camurupim. Né a festa de formatura de vocês?

— Pois é, mas tu nem é da nossa turma, aí achei que era só a gente.

— Sim, mas Jeferson tá levando Daniel, aí Daniel disse que achava de boa eu ir também. Aí vim. Você sabe como adoro praia, né?

Que bicha mentirosa da porra. Eu fiquei "e é, mulher?". Ela só queria ser a londrina, fugia do sol como o diabo da cruz e agora tava pagando de praieira guerreira? Mas eu sabia que não era daquele momento, que eu já vinha curiando o Orkut dela fazia tempo e me arrepiando a cada *click*. Tinha algo de estranho aí. E quando digo algo, quero dizer alguém. A própria Rose.

O algo estranho era que Rose estava sendo menos estranha que o normal. Os cabelos mais bem cuidados, o rosto menos oleoso e as roupas já não estavam mais na paleta Nightwish de cores. Rose, que não costumava trocar muitas palavras com ninguém, nos últimos meses tinha adicionado todos os amigos de Bianca e eu tenho quase certeza que a vi sorrir em seu último álbum postado, embora tenha medo de afirmar. Sim, medo mesmo. Rose nunca nem fez questão de parecer legal, por isso, um sorriso seu já parecia o presságio de algo muito ruim. E ela trocando *scraps* com o povo da escola e rindo até das piadas ruins de Pedro me deixava de orelha em pé.

— E o curso?

— Levando. — Que perfume doce era aquele que ela tava usando? — Por incrível que pareça, Engenharia Têxtil não se transformou automaticamente em Moda quando eu entrei na faculdade.

Olhe, eu sei que quando você entra na universidade um mundo novo se abre, muitas transformações acontecem, mas o que eu via ali era uma situação de Avril Lavigne morreu e foi substituída. Porque eu não estranharia nada se encontrasse aquela nova Rose no carnaval de Caicó com short beira cu e mechas californianas. Seu celular tocou. Vasculhou a bolsa e encontrou o Nokia lanterninha. sms. E por mais disfarçada que fosse sua leitura, ela não escaparia da minha visão periférica ninja apuradíssima. Era Jeferson: "rô tdo encaminhado por aki. lembrou do tarô? bjaum :*". Enfiou o telefone de volta na sacola como quem precisa se livrar de algo muito quente. Seu rosto, construído com a leveza e naturalidade conseguidas apenas após camadas e camadas de maquiagem, se iluminou com um semissorriso.

— Ai, vai ser tão bom, rever todo mundo!

— E é, mulher? — Dessa vez me escapou.

Não sei o que me deu. Se foi a viagem, aquela sensação esquisitíssima de estar do lado de uma pessoa que eu não conhecia. Eu era tão perturbada com isso e com não entender direito o que estava acontecendo que eu só me lembro da primeira caipirinha fortíssima que Daniel me entregou na entrada da casa de Diana e que tudo foi acontecendo rápido demais até eu parar abraçada no sanitário prostrada no chão áspero e enlameado daquele banheiro. Coisa de primeira classe.

Tão deprimentes e belos, todos nós, os bêbados, entregues à nossa bebedeira, querendo esquecer quem somos quando a bebida não está ali. Do fundo da privada, o líquido turvo misturado ao macarrão vomitado refletia o meu rosto adolescente e inadequado que só me fazia querer vomitar mais e mais e mais e mais por não processar direito nada do que estava acontecendo comigo. Com o meu corpo. Com Rose? Com a minha cabeça. Que merda mais fodida era aquela e por que eu estava enchendo a cara se eu nunca nem fui muito de beber?

Levanta daí, Sharon, levanta daí... Eu já me chamava de Sharon nessa época? Já, já sim. Foi depois de... Foi depois. Naquela noite Pedro nem olhou pra mim. Era desse jeito, eu já sabia. Na frente de todo mundo era como se eu não existisse. Como se ele nem me conhecesse. Era um pacto silencioso. A gente às vezes se sujeita a umas coisas absurdas só por uma migalha de atenção. Talvez isso também tenha influenciado no meu estado deplorável.

Levanta, Sharon. Mas não tinha por que levantar. Já eram quase três da manhã e tudo que podia acontecer numa festa na praia já havia acontecido. A maioria das pessoas já devia estar desacordada em lugares desconfortáveis ou se agarrando em lugares mais desconfortáveis ainda. Tomei impulso, puxando a cortina plástica, e como um milagre consegui ficar de pé.

Encarei o espelho e a imagem do fundo da privada me pareceu levemente mais convidativa. *Você tem que encontrar um lugar pra dormir, Sharon, só isso. Amanhã você acorda bem melhor.* Só saí do banheiro quando tive certeza que nada mais sairia de dentro de mim.

Um pé, depois o outro. Devagar, tomando cuidado para tropeçar no mínimo de copos possível. Como que podia ter tanto copo numa casa tão pequena? Acho que já era bem a quarta vez que aquela coletânea de Marina Lima tocava do começo e misturava-se à minha tontura, fazendo com que eu não conseguisse discernir todas as imagens muito bem, mas eu certamente posso falar do que me lembro.

De longe eu via Débora e Gilberto tentando salvar maconha molhada numa frigideira. Ricelly preparava mais uma garrafada de seu drink mortífero (soda limonada, *vodka* da pior qualidade e pastilha extraforte). Diana, a dona da casa, deitava completamente desacordada no sofá coberto de fuxicos coloridos enquanto Aline e Vanessa jogavam, sentadas no chão, um jogo que usava cartas demais do baralho. Daniel, deitado na rede, balançava, fazendo questão de deixar a marca do seu pé na parede.

Andei até parar de frente ao quarto, arriscando a possibilidade distante de talvez poder pegar a cama. Lá dentro, Jeferson sentado de frente a Bianca, os dois iluminados pela lâmpada revestida em maresia. Nas mãos de Jeferson, o velho baralho de Rose se misturava lentamente. Fiquei observando. Bianca estava de costas e não tinha nem notado minha presença, mas ele olhou de volta me repreendendo com aquele seu olhar pesado, até que eu entendesse o recado e os deixasse sozinhos. Mas era só isso que seus olhos queriam dizer? Algo estava diferente e silencioso demais naquela casa, mesmo com o som estourado do mini system. Algo faltava. Mas o quê?

Talvez um pouco de ar.

No caminho pra rua ainda derrubei uns dois ou três copos, nada demais. A casa ficava (ou fica) na praia de Camurupim. Pendurada na entrada havia uma plaquinha talhada em madeira: "pedacinho do céu". Tudo em volta era refrigerado pela brisa marítima. A ruazinha de pedra seguia até a beira-mar e, se você contasse mais duas casas, os pés já tocavam a areia. Era um lugar lindo de se estar. E ouvir as ondas e o barulho do vento. Ou talvez um pouco mais que isso. Um casal qualquer havia se animado além da conta e pulado o muro de uma casa desocupada à beira-mar. A luz da lua atravessava os cobogós e deixava clara a presença de dois corpos se entrelaçando e contorcendo no chão da propriedade vizinha. Eu observava de longe, procurando distinguir as figuras. Algo estava estranho. Algo fugia da ordem naquela noite. Tudo parecia instável demais e prestes a desmoronar a qualquer momento. Acho que foi aí que eu percebi e parei. Parei parada no meio do nada e pareceu até que o vento parou de me tocar também. Porra, é claro! Rose e Pedro. Sim, Pedro mesmo, o namorado de Bianca.

E tudo fez sentido.

É complicado, sabe? Eu sei que você pode até tentar entender como minha cabeça estava funcionando naquele momento, mas nunca vai exatamente sacar o motivo dessa epifania e o porquê de eu não ter caído aos pedaços quando me toquei que Pedro e Rose estavam se atracando na minha frente, por trás daqueles cobogós. Que seria uma reação naturalmente aceitável.

As coisas nunca funcionaram da forma que deveriam comigo, e sempre que eu tentava olhar de longe me via presa naquele ciclo vicioso. Algumas pessoas costumam dizer que a adolescência é a melhor fase de suas vidas, mas a minha certamente não foi. Foi apenas complicada, nociva, exagerada e não algo agradável de lembrar. Por isso, na maioria das vezes, eu tento pintar as coisas como se tivessem acontecido diferente. Mas a verdade é que eu me quebrei muito cedo. Eu passei por muita merda complicada que acabou me quebrando desde nova de uma forma que eu já sabia que não conseguiria mais me consertar... Espero que eu não esteja soando baixo--astral demais com esse discurso. É só que ninguém nunca parou mesmo pra me escutar sobre aqueles dias. É... Acho que é isso.

O fato de eu não me dar muito com Rose tem um pouco a ver com isso, eu acho. Ela também tinha a cabeça fodida como a minha, e só uma pessoa quebrada consegue entender os estilhaços de outra. Você pode esconder suas cicatrizes de todo mundo à sua volta, pode colocar a máscara que for, mas, uma vez que estiver frente a frente com alguém que passou por uma experiência como a sua, a coisa muda de figura. Eu via que ela me via, que me enxergava. Ela também via que eu a via. Sabia que ali no fundo dela ela estava lutando uma batalha tão fodida e perdida quanto a minha. Talvez isso de não se cheirar tenha a ver com o fato de sermos mais parecidas uma com a outra do que aceitássemos ser.

Eu sabia que se fosse percebida poderia colocar tudo a perder. Tudo havia sido pensado e planejado com o devido cuidado para aquele momento. Jeferson, o tarô, o *look* patricinha, tudo. Voltei para a casa como se nunca tivesse estado lá fora e procurei a primeira rede vazia na varanda daquele pedacinho do céu. Eu não podia dizer que estava propriamente feliz ou satisfeita de todo, mas quando me deitei no algodão áspero da rede e enxerguei a noite estrelada, senti pela primeira vez que algo de diferente poderia acontecer.

Estava acontecendo.

JOÃO

MAD MADAME, A DAMA LOUCA DESVAIRADA. EM SUA fuga da escuridão, caiu de paraquedas na vida real. Fuga essa de um lugar tão escuro mas tão brilhante que só podia ter saído mesmo de dentro de Jeferson. Mad Dame. A rainha de copas, a rainha vermelha, a rainha dragão. *Drag Queen?* As luzes de Xanadu, o palácio de verão de Kubla Khan. Shangdu. Eu poderia reviver cada letra do seu nome ainda em êxtase. Em cada forma, em cada sílaba ferina e bem enunciada: Xa-Na-Du. Em cada primeira vez que a vi e em cada pequeno morrer de amor. Não havia em mim algo que não fosse completamente seu por posse e direito. Ela que sempre reinou sobre mim, desde a *primeira* primeira vez que eu a vi.

Havia Madame e havia o vestido e havia o chapéu.

Ninguém entendeu. Alguma mágica. Eles fizeram alguma mágica para tirar o cheiro ruim daquele corpo e trazer uma cor humana aceitável, que nem parecia pertencer ao defunto enquanto vivo. Por sorte as mangas do terno eram longas o suficiente para cobrir as marcas. É certo que todo mundo percebeu o inchaço, mas ninguém quis comentar, ninguém. Não convinha. Ninguém estava digerindo aquilo tudo muito bem. Mais um velório em tão pouco tempo, fazendo com que o aroma dos cravos se tornasse familiar aos narizes.

E havia Madame e havia o vestido e havia o chapéu.

Fora do centro de velório, eu esperava Bianca se despedir do corpo. Nesse momento, eu namorava com as fotos que decoravam o exterior de uma churrascaria estrategicamente posicionada do outro lado da rua. Até que aquele carrão que eu já conhecia estacionou comendo a calçada. Minha cunhada dirigia muito bem, mas às vezes lhe faltava o cálculo da visão. Desceu com seus cabelos muito longos e platinados, envelopada num terno perfeitamente cortado para o seu corpo – eu, se quisesse ficar *chic* assim, tinha que nascer de novo. Deu a volta no carro sinalizando pra mim com a cabeça, enquanto eu mais uma vez tentava entender por que ela não gostava de mim. Abriu a porta para que sua acompanhante pudesse descer. Digo, acontecer.

De início não se via nada além do chapéu. O acessório preto se agigantava por dentro do carro, e Rose, com muito cuidado, foi conduzindo a peça para fora e ajudando sua ocupante a se desencaixar do banco de trás. Depois veio a cena que se repete na minha cabeça até hoje: a mão enluvada se apoiava em Rose enquanto os pés de sapatos altos procuravam a calçada. A figura se encurvou para sair com mais facilidade e uma profusão de tecidos pretos se derramou, como se aquele carro contivesse algo muito maior. Enfim consegui absorver, intrigado e maravilhado, o vestido tomando forma à minha frente, com a ajuda das habilidosas mãos de Rose. A figura que vestia tal peça enfim olhou para cima, permitindo que eu visse algo além do chapéu. Por baixo daquele rosto tinha outra pessoa. Aquele rosto familiar, que eu conhecia e ao mesmo tempo não, emprestava novas cores à maquiagem e se punha à minha frente forte e firme e novo demais. O conjunto escuro da obra era quebrado apenas por longuíssima peruca vermelha e olhos verdes sem fim. Era ela, um acontecimento.

Rose a conduziu, enquanto a viúva negra carregava o vestido para a sala onde seu noivo era velado. Não tive opção a não ser ir atrás daquele par de olhos verdes semiabertos que tendiam ao infinito. Uma vez que os percebi, não havia caminho de volta ao mundo real. Aqueles olhos cansados e belos e tristes. Aqueles olhos envolvidos em tanto lápis e delineador preto que pareciam querer saltar do rosto e ao mesmo tempo ficar ali para sempre. Acredito que não exista uma forma realmente fiel de descrever aqueles olhos. Aqueles aterradores olhos que me arrastaram de volta para a sala cujo silêncio era rompido apenas pelo ruído do ar-condicionado. Passos trôpegos. Por pouco o vestido não passou pela porta. Como ela, ocupava espaço demais.

Me coloquei num canto da sala, apreensivo, temendo o desenrolar da cena, enquanto a figura seguiu para o caixão. Digo apreensivo porque era preciso manter uma distância segura dos amigos de Bianca. O que parecia é que eles sempre estavam infligindo dor neles mesmos ou uns nos outros, num ciclo vicioso. Então você nunca sabia o que esperar quando entrasse num cômodo onde eles estivessem todos reunidos, ou, bem, você sempre podia esperar o pior. Então a figura de cabelos vermelhos poderia entrar pela porta de vidro e se deparar com julgamentos ácidos de Sharon que seriam seguidos por uma afiada resposta de Rose e a situação toda se transformaria numa interminável troca de farpas, enquanto uma Bianca descabelada choraria desesperadamente por todas as coisas que conseguisse lembrar no momento e a situação seguiria em progressão geométrica até que os funcionários do centro de velório tivessem que declarar a cerimônia encerrada antes que alguma parte do morto fosse arrancada a fim de servir como arma branca.

Ou não.

A dama de negro entrou na sala e seguiu seu mórbido caminhar até o caixão, enquanto Rose pousou estranhamente calma ao meu lado. Enchendo a sala de ainda mais silêncio, o longo vestido chamou a atenção das únicas outras duas participantes do velório que tiveram um curto momento de estranhamento, logo seguido por compreensão serena. Afastaram-se da mesa onde estava Daniel e permitiram que a recém-chegada tivesse o seu momento. Tocou o frio mármore da mesa com a mão enluvada e foi se aproximando lentamente do rosto de Daniel. E era como se não houvesse mais nada ali naquele momento. Os olhos verdes semicerrados fitavam os olhos fechados do falecido, enquanto as negras mãos acariciavam aquele rosto por uma última e primeira vez. Ajeitou os finos cabelos do amado e deixou que os olhos verdes se derramassem ali. Tirou o chapéu e o levou ao chão, com delicadeza. Chegou pertíssimo do rosto daquele que nunca conheceu, mas sempre amou. Beijou-lhe suave os lábios frios e se ergueu com algum esforço, como se não quisesse sair daquele momento jamais. Enxugou as lágrimas.

O engraçado sobre as pessoas é que você nunca vai realmente conseguir prever o que elas vão fazer. Você pode supor, mas nunca prever. Então, enquanto a moça erguia-se do caixão em seu momento *noir*, Sharon e Bianca se colocaram ao seu lado e lhe afagaram, em conforto, e Rose também se aproximou, a fim de recolher o chapéu e ajeitar-lhe a longa peruca vermelha. Não havia nada de esperado ali, nada que se pudesse calcular. É o momento bonito e mágico que acontece quando nos permitimos entender que a dor do outro é maior que qualquer coisa ruim que se possa dizer. E não é mesmo estranho como a morte tem o poder de unir as pessoas?

Eu, que não havia ainda expressado minhas condolências, me dirigi à figura:

— Meus pêsames, Jeferson.

Não. Já não era mais Jeferson ali. E nem Bianca, nem Rose, nem Sharon precisariam me corrigir, porque os lábios tingidos daqueles olhos verdes falaram por si só:

— Não. Madame Xanadu.

E essa foi a *primeira* primeira vez que eu a conheci. Até que a morte nos separasse.

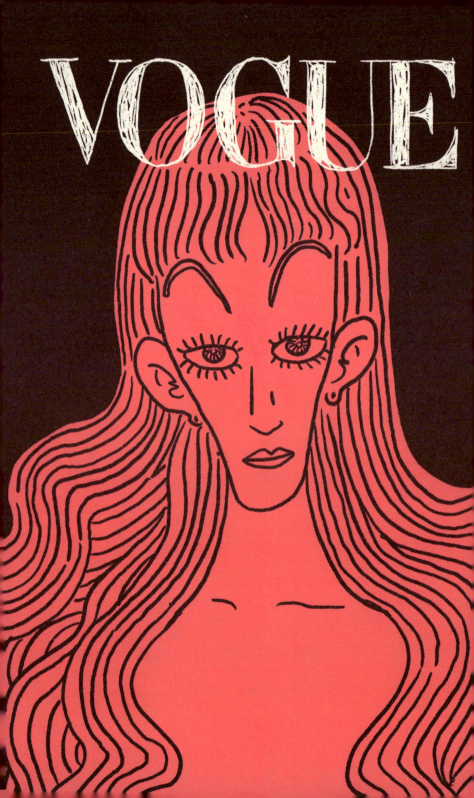

ROSE[REC]

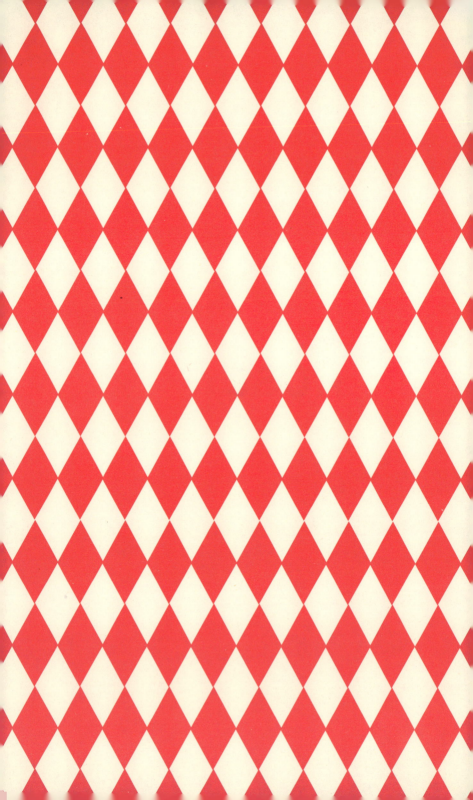

AQUELE VESTIDO NÃO PODERIA MESMO SER DE OUTRA pessoa. Depois que ela pôs os pés na passarela foi que eu consegui perceber. Perceber que a modelo que adoeceu e não pôde comparecer na verdade nunca existiu. Ela não tinha como existir, porque o vestido negro de noiva não deveria ser trajado por mais ninguém. As maçãs proeminentes pareciam vir à frente de todo o resto. Elas enchiam o salão. As pessoas pararam de cochichar enquanto ela e seus olhos tão mortos que vivos fitaram o vazio universal e o vestido se tornou apenas uma moldura para a pintura que era ela.

Flashes, flashes, flashes.

Isso foi um olhar de julgamento? Eu espero que não, porque da mesma forma que entrei por aquela porta e sentei aqui também posso levantar dessa cadeira e te deixar com uma história pela metade... Ok? Eu não estou dizendo que o que fiz foi certo, ou que não tomei parte na transformação dela. Não quero me isentar de nenhuma responsabilidade. Só que aquele foi realmente um dos vestidos mais bonitos que já tive a oportunidade de conceber e você sabe que outra modelo não poderia carregá-lo da forma que ela carregou. E eu não sabia. De nada. De Daniel. Não sabia.

Eu estava dando os últimos acertos nas peças que desfilariam aquela noite quando disseram que havia uma tal de Sharon na linha. Meu alfinete então atravessou os tecidos bruscamente e feriu a modelo zero três, o que provavelmente justifica o guincho agudo que ouvi em seguida. Não tive paciência suficiente para elaborar uma desculpa, então chamei um dos rapazes para que o fizesse por mim e continuasse o trabalho. Sharon nunca ligava. Não havia motivos para ligar. Aquilo era tudo, menos uma ligação de boa sorte. Saquei o telefone da mão de Jorge e puxei o ar.

— Oi, Sharon.

— Rose... Olha, eu sei que você não tá tendo o dia mais fácil de todos, mas eu não tenho como pedir isso pra mais ninguém.

— Fala.

— Jeferson não tá bem. Eu passei pra deixar no seu ateliê agora. Ficou lá embaixo, na recepção, ok?

— Hã? E Daniel? — Sharon respirou fundo do outro lado da linha.

— Tem a ver com Daniel. Dá pra você ver com alguém aí da sua equipe pra cuidar?

— Ah, Sharon, quer dizer que você tem coisa melhor pra fa...

— ROSE! Você pode ficar de olho por agora ou mandar uma das suas secretárias enumeradas garantir que Jeferson não vai se fazer mal?

— Ok. Ok.

— Por favor. — Acredito que essas foram palavras que ela nunca me dirigiu.

— Tá certo. Vou olhar ele sim.

— Ela.

— O quê?

Desligou. Passei um tempo ainda com o celular no ouvido, processando o diálogo. "Rose, tem uma pessoa lá na recepção". Eu sei. Eu sei. *Porra, Sharon, logo hoje? De todos os dias que você tinha pra me pedir um favor, logo hoje?*, eu repetia mentalmente enquanto descia as escadas de ferro que levavam ao andar de baixo do ateliê. Busquei Jeferson com os olhos. Nada. A recepcionista me disse que a visita estava na calçada. Puxei a porta de vidro e mais uma vez procurei Jeferson. Sentada de forma singela entre a calçada e o calçamento da rua, a figura loira observava o passar dos carros, enquanto uma trilha de fumaça se formava na mão que segurava o cigarro. De início achei que fosse Sharon, o que levou meu corpo inteiro a ter uma raiva absurda daquilo que seria a pegadinha mais ridícula que ela já havia me pregado, mas aos poucos percebi que não era ela. Me aproximei com calma e sentei-me ao seu lado.

Os fios loiros e desgrenhados vinham de uma peruca mal colocada que contornava o rosto de meu amigo Jeferson. A pele estava acinzentada, a barba por fazer e as olheiras muito fundas. Os olhos verdes e mortos fitavam uma pichação qualquer do outro lado da rua. A maquiagem era toda precária e a cereja do bolo era um batom vermelho-decadência. O vestidinho rosa e os sapatos altos amarelo-ovo herdados de Sharon, tal como a peruca esgaçada. Que merda é essa? A minha risada quis tomar a rua inteira, mas ficou presa dentro de mim. Eu não podia, naquele momento, ser o poço de julgamento de sempre. Havia muito mais que muita tristeza por trás daquela figura.

— Jeferson... Vamos entrar?

— Por que não tem paquita preta? Sabe, eu sempre quis ser paquita, quando criança. Eu achava lindo o jeito que elas dançavam e sorriam e sabe... Aquilo era o sonho delas, cara... Era aquilo ali. Uma vez que você chegasse ali, não dava pra ser mais feliz que aquilo. Mas não tinha mesmo paquita preta. Quando eu percebi que eu não ia virar paquita, chorei baixinho no meu quarto.

— Foda. Vamos subir, Jeferson? — Levantei e estendi a mão para que me seguisse.

— Vocês duas não entendem mesmo, né? Essa pessoa não existe mais. — Fez uma pausa dramática enquanto apagava o cigarro no chão. Levantou-se com minha ajuda e completou: — Meu nome é Madame Xanadu.

Minha cabeça se perdia em voltas e mais voltas e eu realmente não sabia o que pensar. Lembrei de Sharon na ligação me corrigindo quanto ao pronome e indiquei a porta à minha visitante: "Primeiro as damas". Me sorriu e caminhamos juntas. Qualquer coisa que a fizesse sair dali, eu faria, na verdade. Meu Deus, eu deveria estar com as modelos provando as roupas e ao invés disso perdia tempo tentando entender o que havia acontecido com Jeferson, porque aquela quenga safada daquela Sharon poderia ter me dado uma dica que fosse, mas preferiu não.

— RÔ, CARALHO. RÔ! FODEU TUDO, RÔ. LUTCHENCA NÃO VAI CHEGAR, RÔ! PUTA QUE PARIU!

— Pera, Jorge, pera. Quem djabo é Lutchenca?

— MODELO DOZE, RÔ!

— Caralho, a MODELO DOZE?

— Isso que eu tô falando, caralho, porra, puta que pariu! Tamo fodido, Rô!

— Mas a zero sete não tem como entrar no lugar? Ou nenhuma outra?

— Aquele vestido? Daquele tamanho? Sonha, Rose.

— Caralho...

— Tu fez um vestido pra gigante, bicha! Só gigante pode usar aquilo!

E a verdade é que eu tinha feito mesmo uma porra de um vestido muito longo e a cavalona da modelo doze era a única que conseguiria vestir sem parecer com uma menininha de doze anos usando as roupas da mãe. Porra, mas que quenga! Qual era a desculpa? Tava no pronto-socorro?

Crise de gastrite? Pois que vomitasse sangue na passarela, que era conceito, mas não deixasse de vir. Caralho, caralho... Jorge já havia ligado para todas as agências da cidade e não, não havia nenhuma gigantona de um metro e oitenta e cinco disponível no momento, *sorry*. *Rest in peace*, Rosa Maria, "uma ascendente marca do Nordeste brasileiro que chamou a atenção de grandes nomes do exterior". Certamente não seria agora que viria a prometida capa.

— E essa aí quem é?

— Que essa? — Meu olhar acompanhou a lapiseira de Jorge, que apontava para a fumante figura loira desgrenhada de pernas cabeludas assistindo tranquilamente os peixes passearem no aquário enquanto secretária zero três tentava, sem sucesso, deixar claro que ela não podia fumar ali. Jeferson tinha um metro e oitenta e oito, ela lembrava bem. O mais alto da turma. — Essa daí?

— Sim. Quem é a *drag*?

— Modelo doze. Madame Jezebel. Você tem duas horas pra transformar esse varapau em Florence and the Machine.

Não sei por quê, mas pareceu uma solução perfeitamente racional naquele momento. Enquanto Jorge reclamava que não recebia para isso e carregava a mais nova modelo para cabelo e maquiagem, eu pude me ater a finalizar tudo o mais que precisava ser finalizado e por um momento esquecer da existência de Jeferson, Madame Belzebu, Lutchenca e o vestido gigante. Muita coisa a ser feita e pouco tempo em minhas mãos, mas estava tudo sob controle.

E o tempo foi escorrendo rápido como areia por entre os dedos. Quando eu percebi, já estávamos no *backstage* da passarela e quase todas as peças da coleção já tinham sido desfiladas. Estavam bonitas. Eu sabia que estavam.

Eu tinha perdido muitas noites de sono e pulado refeições o suficiente para garantir que tudo não ficasse menos que perfeito. Entrou modelo nove. Um sorriso de orelha a orelha se abria dentro de mim enquanto a maquiadora me preparava para aparecer, ao fim do desfile. Eu estava com meu terno preferido e finalmente conseguia sentir um certo alívio. Meu celular tocou. Era Bianca. Saiu modelo nove, entrou modelo dez.

— Oi, Bia! O desfile tá sendo um sucesso aqui. Tô feliz demais!

— Oi, Rô. Não, deixa que eu ligo depois, então.

— Pera, aconteceu alguma coisa?

— Não, Rose, eu ligo depois mesmo.

Saiu modelo dez, entrou modelo onze.

— Bianca, fala, senão vou ficar com raiva de você.

— Ok. Ok... Tá sentada?

— Tô.

— Rose, Daniel faleceu.

Saiu modelo onze, entrou modelo doze.

— PAREM A PORRA DO DESFILE AGORA. — Levantei desesperada.

— O quê?

— PARA O DESFILE, PORRA!

— Agora não dá mais. Modelo doze já entrou.

Flashes, flashes, flashes.

MADAME

Você deveria andar, Madame. Você deveria andar. *Você deveria sair desse elevador e ir pra casa e descansar um pouco. Você pode. Você consegue. Você só precisa colocar um pé depois o outro e conseguir não pensar nas memórias que se alastram por todas as paredes pelas quais você está prestes a passar. Você poderia. Você. Não. Não espere as portas fecharem. Você não precisa. Não aperte o botão vermelho. Você não precisa disso. Não precisa lembrar. Não deveria lembrar. Não precisa sentar no chão e lembrar. Essas memórias não são suas. Não precisa.*

Madame recordou.

Cheiro de manhã de sábado. Casa cheia de poeira. Mesmo corpo, outra pessoa. Não era a primeira vez, já conhecia essa jornada. Jeferson lhe emprestou as palavras:

— Tava tocando aquela dos Smiths que tu gostava.

— Que história!

— Tava sim, Daniel! Foi até o assunto que eu consegui desenrolar com você. Que você só escutava som baixo-astral.

— Mas não foi desse jeito, amor. Cê não lembra?

— Lembro, sim.

— Então fale, Jeferson. Quero ouvir sua versão.

— Daniel, isso faz mais de dez anos. Você quer mesmo que eu lembre de cada detalhe?

— Você e essa sua memória de peixe dourado — debochou.

Jeferson odiava quando Daniel o confrontava com lembranças e lhe depreciava a memória, apesar de saber que sua cabeça nunca foi lá mesmo essas coisas. Daniel espanava os móveis entre um trago e outro, fazendo com que todo o pó de dois meses sem faxina voasse pelos ares enquanto Jeferson buscava cumprir a difícil missão de esvaziar cada um dos cinzeiros espalhados pela casa.

Na sala: sofá, mesinha, alguns cinzeiros e televisão. Pôsteres na parede meio amarela e a guitarra de Daniel encostada num canto. A janela dava pra um pedaço de rua e outros prédios. Sétimo andar. Pelo menos ventava um pouco. Quer dizer. Natal nunca venta só um pouco. E vento é igual a poeira e poeira em chão de madeira é o fim pra limpar. Daniel então resolveu jogar a carta da memória fotográfica:

— Você tinha aqueles patuás de açaí, usava um tererê.

— Era um *dread*, Daniel.

— Um rabicho malamanhado descendo pela nuca.

— Eram os anos 2000, um território completamente hostil para a moda adolescente, você sabe — Jeferson se defendeu.

— Sei por quê?

— Porque você passava lápis de olho e vestia umas camisetas de metal melódico.

— Eu era gótico, meu filho — disse Daniel, tentando abafar um risinho de vergonha.

— Você era muito era tronxo, tirando foto em cima de túmulo alheio no cemitério do Alecrim.

— Peraí, Jeferson, olha o respeito! Pelo menos eu não participava de ciranda!

— Ei, isso é golpe baixo!

Riram, os dois. Sentaram no sofá e riram mais um pouco de sua desastrosa aparência adolescente. Por que cabelos ensebados eram uma coisa aceitável no passado? Por que Bianca usava aquele brinco tenebroso de pena que ia até os peitos? E Sharon, que ia pra escola de colete? Mais gargalhadas. Olharam um para o outro. Eram esses momentos.

Era o que contava. Poder rir com o outro mesmo depois de mais de dez anos juntos. Era isso o que tinham de mais precioso. Isso e uma casa que não se limpava sozinha. Jeferson seguiu para a cozinha, enquanto Daniel voltou a espanar os móveis ou castigar todo o resto com mais e mais poeira.

— Sim, mas então? — Jeferson retomou o assunto.

— Então o quê?

— Se você se orgulha tanto de lembrar, então me lembre aí como foi que a gente se encontrou pela primeira vez.

Daniel aproveitou para começar mais um hiato na tão pausada faxina e narrou:

— Acho que foi no segundo mês de aula do primeiro ano. Foi. Eu tava gazeando e fumando um cigarro escondido no banheiro. Você entrou e começou a reclamar da fumaça. Eu, que estava dentro de uma das cabines, não me importei muito. Você continuou tagarelando freneticamente e terminou batendo na porta onde eu estava e jogando um discurso qualquer de "você está cavando sua própria cova" ou qualquer coisa que tinha escutado Dráuzio Varella falar no Fantástico. Eu ri um pouco, talvez alto o suficiente para você me ouvir. E tu ficou puto.

— Eu lembro desse dia! Era você? Eu não sabia que era você!

— Como que não sabia?

— Porque eu não sabia, mesmo. Como que eu nunca soube que era você? — estranhou Jeferson.

— Porque é burro. Eu sempre achei que você soubesse.

— Ei, deixe de coisa que eu sou muito inteligente, Daniel. Agora que eu tô conseguindo lembrar mais ou menos. Que eu dei brabo quando você riu e pegue eu gritar. Num instante o inspetor entrou no banheiro atrás de saber o que estava acontecendo.

— Foi, aí eu joguei o cigarro dentro do sanitário e tentei dispersar a fumaça.

— E eu menti que você tinha pulado a janela, bicho ruim. — Jeferson bagunçou o cabelo do namorado.

— Pensei que tu ia me entregar ali, mas não. O bicho foi embora e, do nada, você perguntou meu signo.

— E tu não soube responder. Depois o burro sou eu — disse Jeferson em tom de vitória.

— Tu ficou revoltado, falou bem meia hora sobre a importância do autoconhecimento.

— Como é que alguém não sabe o próprio signo, *boy?*

— Sei lá, Jeferson. Eu sempre achei meio bobagem. Pra mim era algo que só tinha importância em revista feminina e nos Cavaleiros do Zodíaco. Aí depois que eu disse meu aniversário, você falou que eu era de virgem e saiu do banheiro.

— Foi.

— Foi.

— Então era você! — Jeferson abriu um sorrisão.

— Eu ainda tô besta que você não sabia. — Daniel seguia incrédulo.

— Então por isso que você foi tão legal comigo no aniversário de Bianca?

— Sim. Você tinha me livrado de uma, né? Pensou o quê?

— Ora, Daniel, que você tava dando em cima de mim.

— EU? Mas você que tava me cantando!

— Pra todos os efeitos, estava tocando The Smiths naquela festa, sim. E eu fico feliz que você tenha puxado assunto comigo, por qualquer que fosse o motivo — derreteu-se Jeferson.

— Eu também... Eu também. E bom, já que eu nunca tive a oportunidade, obrigado por ter me livrado daquela suspensão.

— Embora talvez aquela suspensão tivesse feito você parar de fumar.

— Até parece — Daniel respondeu, sincero.

— Até parece, mesmo. Te amo, seu palhaço.

— Também te amo, apesar do tererê.

— ERA UM DREAD. E não durou nem cinco meses.

Eram esses momentos. O dia seguiu com aquele sorriso pairando dentro da cabeça dos dois. Aquela certeza de que, apesar de se conhecerem tanto, ainda havia muito a se descobrir. Continuaram a limpeza do apartamento. Aquele lugar pequeno de paredes amareladas que conseguiam comportar o maior amor do mundo. Caíram exaustos na cama ao fim de tudo, e passaram um tempo se observando, em silêncio, mãos entrelaçadas.

— Você me promete que não vai morrer nunca? — perguntou Daniel, sério.

— É o quê, Daniel?

— É porque às vezes eu acordo e acho que vou morrer.

— Às vezes? — Jeferson franziu o cenho.

— Quase todo dia. Eu acordo e penso que não vou conseguir, mesmo. É estranho, porque viver não é uma tarefa tão difícil. Mas às vezes eu fico parado na cama olhando para o teto por uma, duas horas esperando pela coragem de viver o dia.

— Também não é a tarefa mais fácil — Jeferson endossou o namorado.

— É. Aí eu acordo e a tristeza vem. Não sei de onde. E ela me leva. Talvez nem seja tristeza. Talvez seja só um certo esgotamento. Uma falta de sentido. Não é como se eu estivesse deprimido ou me lamuriando. É só que essas coisas me fazem refletir demais, mesmo.

Jeferson ficou feliz de poder fazer parte daquela partilha, embora um pouco apreensivo com as palavras do parceiro. Falou:

— Eu não quero que você morra.

— Eu também não quero morrer, mas você me entende?

— Sim. — Não tinha como não entender.

— Aí depois das duas horas apático olhando para o teto eu geralmente viro para o lado e encontro você, Jeferson. E meio que faz tudo valer a pena. Você me dá coragem pra levantar. Por isso você não pode morrer. Eu não sei se eu teria mais condições de ficar de pé.

— Ô, meu amor...

— Promete?

— Prometo. — Jeferson prometeu sem entender o peso de suas palavras.

Uma vez, Madame leu em uma história em quadrinhos que existiam dois tipos de sonhos. Sonhos bons e sonhos ruins. Os sonhos bons eram os pesadelos, pois, quando você acordava deles, estava em sua cama, são e salvo. Os ruins eram os sonhos maravilhosos, com toda sorte de lembranças boas e coisas maravilhosas, porque, quando acordava, você ainda estava em sua cama, também. Mas você ainda era você, vivendo a mesma merda de sempre, e nada de bom tinha realmente acontecido.

Madame Xanadu, deitada de frente para o nada no chão do elevador, escutando o porteiro perguntar no sistema de som se havia alguém ali, se tinha acontecido algum problema, se ele deveria chamar os bombeiros. *Madame, seu amor morreu antes mesmo de você nascer. Quão cruel o mundo pode ser?* Levantou, apática, e apertou novamente o botão vermelho.

SHARON [REC]

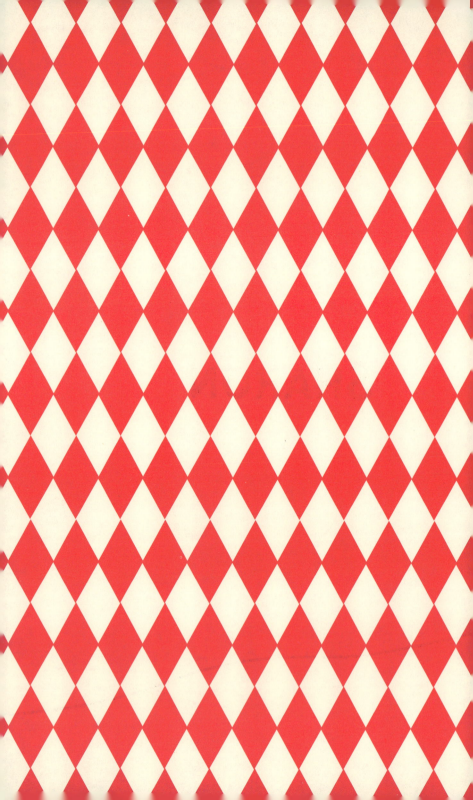

ESSE DIA FOI DIVERTIDO. ERA MAIS UM FIM DE MADRUgada no Café Paris, conhecidíssima casa de drinks da Ribeira. Importante não confundir com o Café Salão de Nalva, pois ficava uma rua atrás e uns dez andares abaixo, na escala inferninho. Foi, foi, era no Café Paris, lugar onde todas as carreiras iam pra morrer. Lembro que no centro tinha um palquinho circular com um *pole* no meio. Nas paredes, cortinas vermelhas se alternavam com espelhos, e o globo de luzes coloridas afixado no teto se fazia chegar em todo lugar. Isso e o super *mix* de perfume doce das meninas. Nessa noite específica, o videoquê estilo fliperama enchia o salão com o instrumental de Espumas ao Vento. Dá uma certa saudade e ao mesmo tempo alegria de nunca mais ter que pisar lá.

Eram duas e meia da manhã e eu já tinha fechado as contas. Nunca me formei contadora, mas sempre fui muito desenrolada. Dava meu jeito. É difícil ter o glamour que eu tenho e ser contratada pra trabalhar na luz do dia, então qualquer oportunidade que surge a gente agarra com unhas e dentes. Ali me sentia em casa, podia ser quem eu era, recebia direitinho e o dono gostava de mim. Nunca desrespeitou. Enfim, voltando, duas e meia da manhã.

Uma das meninas chegou pra mim e disse algo do tipo: "Olha, tem uma amiga sua lá fora". E eu fiquei me perguntando quem que iria parar ali tal hora da madrugada, apenas pra já chegar à conclusão. Claro. Fiquei num vai não vai até que fui.

Saí pela porta da frente e encontrei a bichinha sentada na calçada, claro, conversando com um bêbado esmulambado, claro. Ah, como era de seu feitio, aquilo. Ela realmente não conseguia fugir da personalidade bueiril. Um grito de socorro em forma de gente. *Chega, Madame... Vem mais pra perto. Larga esse mendigo alterado. Sai daqui, meu filho, tem cigarro nenhum pra você não, sai! Oi amiga, tá fazendo o que aqui?*

A rua estava gelada. Poucos carros e dúvidas além da conta.

— Não consigo dormir — ela falou. Da sua nuca, pendia uma trança turquesa mais longa que Deus. Eu digo isso porque se Deus fosse escolher uma trança para usar certamente seria essa. — A minha cabeça tá rodando muito. Eu não consigo dormir.

E eu tive tanta pena, sabe? Trouxe ela comigo pra dentro do bar. *Deixa a rua fria, mulher. Vamos entrar e viver esse nosso esquete imaginário e tão repetido: "Sharon e Madame no bar" Temporada três, episódio um. Gravando.*

— Eu não sei direito o que é, Sharon. É como se minhas ansiedades tivessem ansiedades e toda vida que eu vou dormir, eu fico mais ansiosa criando mil caminhos pelos quais eu deveria seguir, sei que não vou, porque não consigo e é tudo essa merda enorme em formato de bola de neve. Caminhos que eu sei que se seguisse me fariam ser finalmente independente e dona de mim. Mas tem essa força muito maior do que eu que só quer me puxar pra o fundo do poço, enquanto luto e luto e luto pra subir. Pra ficar pelo menos na beirinha... É foda.

— É foda. — Nesses momentos dela não adiantava fazer nada além de escutar e concordar. — Eu sei como é...

— É horrível mesmo. E quase todo dia tem sido basicamente isso. Eu chego em casa, boto a cabeça no travesseiro e meu cérebro começa a funcionar a trezentos e quarenta por cento da capacidade, e tudo vai se transformando em ansiedade. E a ansiedade evolui para uma tristeza profunda e eu fico mal porque não consigo fazer nada além de pensar e noiar e ficar pior ainda por não conseguir cumprir uma das tarefas mais simples do ser humano. Dormir. Devia ser fácil, né, amiga? Dormir? Afinal de contas, não é como se eu não estivesse cansada.

— Amiga, você não tá dormindo nada?

— Às vezes eu consigo. Às vezes bebo bem muito e consigo apagar a cabeça e não pensar.

— Ô, mulher...

— Eu só queria fugir, sabe? De Daniel, de mim, disso tudo. Queria ir prum lugar vazio e seguro que não tivesse nenhuma merda dessas pra encher minha cabeça. Queria passar só uma noite da minha vida sem tentar imaginar por que porra Daniel fez o que fez. E por que ele não sai da minha cabeça, se eu nem o conheci. Sem imaginar que poderia ter sido tudo diferente. Tudo menos pior.

Era foda... Era foda. Eu nunca ia saber. Talvez eu soubesse de coisas diferentes e igualmente terríveis, mas realmente nunca ia entender o que ela sentia a respeito da morte de Daniel. Puxei uma garrafa de Campari da bandeja de um garçom despercebido e entornei num copo vazio que estava em frente à lady. Não havia muito o que fazer aqui.

— Bebe aí, amiga.

Eu poderia imitar umas boas vezes todas as divas do cinema e ainda assim não chegar aos pés dos movimentos dela. Do jeito como ela conseguia comunicar tanto num leve balançar de cabeça. De como seus olhos por si só pareciam uma prece cansada. Da forma como ela pousava a mão no copo e o próprio copo parecia ela mesma, enquanto ela mesma parecia o mundo inteiro. O mundo segura Madame e olha com pena, mas não sabe o que fazer. Antes que ela se afogasse de uma vez em seus pensamentos, me enchi também um copo e brindei, num susto, fazendo-a acordar. Bebemos.

— E como que tá com Rose? — Tentei mudar um pouco o assunto.

— Bem, eu acho.

Perguntei por formalidade, porque, se eu quisesse saber notícia dela esses dias, era só dar um *google*. Madame agora era presença certa em tudo que dizia respeito à Rosa Maria. A marca de Rose tinha sido claramente alavancada há um ano, com a presença surpresa e improvisada da *drag queen* que fechara o desfile com o famoso vestido negro de noiva. Segundo relatos, e algumas imagens, não havia nada mais estonteante do que a figura enorme de longos cabelos vermelhos caminhando vagamente até o fim da passarela e o majestoso vestido farfalhando em todas aquelas camadas, enquanto a modelo chorava silenciosamente. Os flashes tomaram de conta do salão. Todo o bocejo cansado da moda boquiabriu-se para absorver ali o que havia de mais fresco e novo. E mais uma vez Rose pegava carona na tristeza alheia pra conseguir chegar aonde precisava.

— Temos viajado um pouco.

De lá para cá, Madame havia estampado capas das principais revistas de moda e comportamento do Brasil e algumas do exterior. Há dois meses estava na Vogue França. Lágrimas escuras desenhadas nos olhos, super close. A manchete era algo como "O eterno Blues de Xanadu".

— Nada de mais...

Tudo tão banal. Nada de mais. Tantas matariam por

uma migalha do bolo enquanto ela estava com ele inteiro ali e desdenhava cada grama, com sua trança enorme pendendo ao chão, uma mão segurando o queixo e os olhos perdidos no horizonte. Eu tive bastante raiva dela, ali. Raiva demais. Veja bem: eu não acho que as coisas boas anulam as ruins. Eu só acredito que a gente tem que aprender a reconhecer quando está passando por um momento importante e expressar um pouco de gratidão apesar das lembranças tristes, porque o blues vai estar sempre ali, entende? É sobre entender como andar de mãos dadas com a tristeza e compartimentar. E foi aí que, fitando sua atitude blasé, eu tive vontade de meter-lhe um tapão, mas me segurei.

— Tem sido muito difícil esses dias, sabe, Sharon?

Ô, Madame... Eu gosto tanto de você, minha amiga. Mas eu tenho que levantar dessa mesa, viu? Não fica confusa, não! É pelo bem de nós duas. É porque agora você não precisa lidar com o único tipo de palavra que tem dentro da minha boca. Porque sei que é egoísmo da minha parte pensar assim e que eu não seria a pessoa mais indicada pra lhe oferecer o ombro nesse momento. O que falaria? "Desculpa, amiga, que você tá fazendo sucesso!" Não adiantaria de nada explicar que eu também sofri demais, que não tinha dia sem que eu acordasse pensando no buraco que Pedro deixou quando foi embora e que eu só queria metade da metade de tudo que estava acontecendo com ela. Seria só mesquinharia. Então era melhor eu nem falar. *Melhor ficar na minha e levantar e pegar essa ficha e colocar no luminoso videoquê e te tirar do mundo real do único jeito que eu consigo agora.* Puxei o microfone.

"Volta logo, príncipe encantado! Não deixa essa saudade me matar. Longe de você eu fico louca."

Não me olhe assim, eu sei que você conhece essa música!

"Tentando desvendar os seus mistérios. Um copo sobre a mesa de quijá, bola de cristal e cartas de um baralho."

Vamos, Madame! Da escola!

"Só pra ver a luz dos meus olhos a te procurar, ou saber se existe outra aí em meu lugar..."

Eu vi seus olhos se arregalarem, lembrando, e seu sorriso se abrir. Apontei ritmicamente para ela e meu indicador se tornou um convite amistoso.

"Só pra ver a minha foto três por quatro em sua mão."

Ela correu em minha direção, quase tropeçando em meia dúzia de putas e bêbados pelo salão.

"Ou saber que o melhor pra mim é mesmo te esquecer."

Olhei em seus olhos enquanto ela chegava pertíssimo para dividirmos o microfone, e me presenteou com um sorriso de verdade demais. Arranhamos um dueto até o fim da música nos remexendo odaliscamente ao som do Calypso e rememoramos aquele tempo antigo e doído, mas ainda cheio de saudades.

Terminamos às gargalhadas enquanto o aparelho dava o resultado: cinco ponto nove. *Sim, Madame, sempre é bom lembrar que existe um sorriso dentro de cada um de nós esperando pra acontecer.* Deixamos o bar de mãos dadas enquanto eu sentia sua energia já diferente e percebi que pude ajudar de algum jeito. Do lado de fora, o sol já massacrava aos pouquinhos. Nos abraçamos.

Fica bem, Madame... Tenta dormir. Tenta não pensar demais, que quanto mais a gente pensa mais tudo fica pior. E só mais uma coisa. Enfiei-lhe a mão na cara e saí correndo e rindo antes que ela conseguisse pensar em reagir.

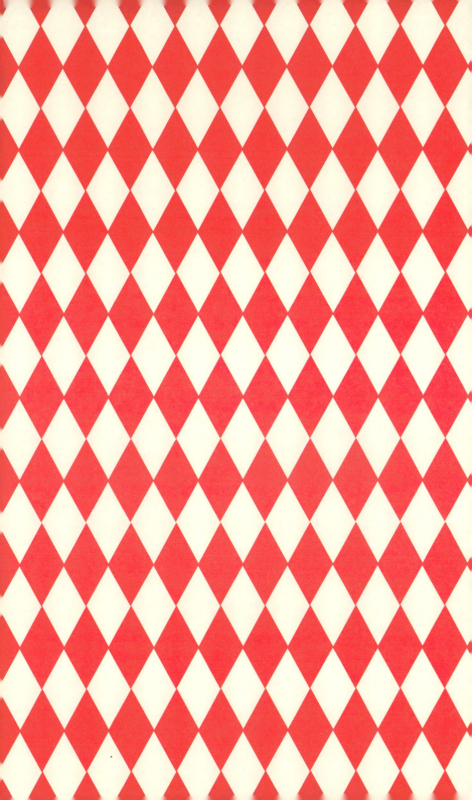

MADAME

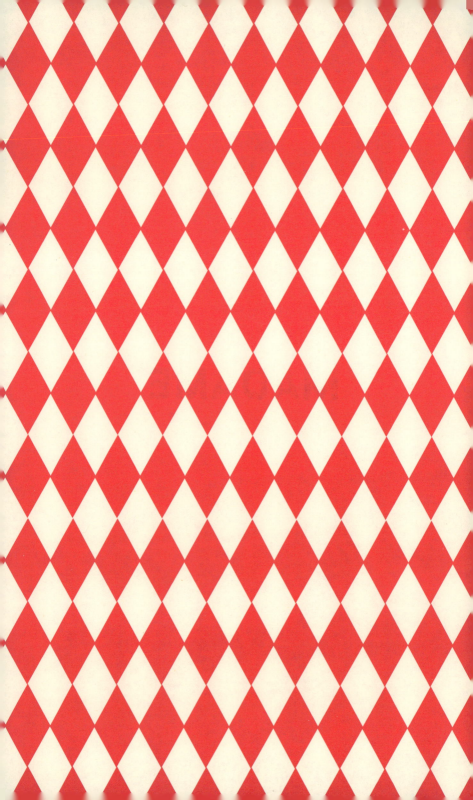

NADA ESTÁ TÃO RUIM QUE NÃO POSSA PIORAR. NENHUMA lembrança é tão forte que não possa ser ultrapassada por outra lembrança ainda mais forte. As portas se abriram e o breu se estabeleceu. Isso porque ela realmente não lembrava da última vez que havia feito esse caminho de olhos abertos. Mas, sim, ainda conseguia sentir o cheiro daquele dia, apesar de tudo. Madame fez a longa caminhada de três passos até a porta de seu apartamento, já com a chave apontada para onde acreditava ser a direção da fechadura. Não precisava de olhos para saber que a luz acima de sua cabeça estava piscando. Não precisava de olhos para saber que o vizinho não estava em casa. Os olhos, nesse caso, só atrapalhariam. Fariam lembrar. Passados os três longos passos, a mão procurou em círculos uma possibilidade de entrada, até encontrar. Duas voltas. A porta rangeu ainda um pouco ao abrir, mas logo foi fechada atrás dela. Olhos trancados.

Ela já conhecia a anatomia do lugar, mas ver ainda era demais. Usou a chave para se guiar pelo corredor. Com a pontinha, se apoiou na parede. Pensou que a parede já devia estar toda riscada de ponta de chave. Estava. Um risco para cada dia em que foi difícil demais enxergar. Um para cada pico absurdo de tristeza. Um para cada dor. A chave percorreu a superfície até encontrar obstáculo. Porta do quarto. Entrou. Agora era um pouco mais seguro abrir os olhos. Ou talvez não. Alguém realmente deveria arrumar essa zona. *Talvez Jeferson, se ele acordar, algum dia.* Um riso escapou do canto da boca. Sentou na cama e ligou o pequeno rádio-relógio amarelo para começar o árduo trabalho de descalçar aquelas botas. Horóscopo. A voz cansada e mística de uma senhora destilava previsões genéricas para sagitário, tais qual sua cor para o dia. Sem nem se tocar, um turbilhão de lembranças que não eram dela voltou a dominar sua cabeça de forma tão rápida e poderosa que não lhe deixou nem a opção de tentar lutar contra.

Ela só lembrou.

Jeferson acordou.

Uma tarde linda! Tarde de agosto, bons fluidos. Algo no rádio sobre Vênus entrando na casa de sagitário e mercúrio dando o ar da graça em qualquer outro lugar que ele não fazia a mínima ideia onde fosse. Estava feliz. Não sabia, tinha tido um sonho muito bom, à noite, um tanto diferente. Daqueles sonhos que fazem com que a vida real pareça um pouco de mentira. Era no tempo da escola ainda, andando pela cidade com os meninos, como de costume. Muito bom, sempre muito bom lembrar, ele pensava. E foi lhe batendo uma felicidade desde a hora que acordou, pensando em como era realmente fácil ser feliz, e crendo que havia redescoberto a adolescência e que agora tudo pareceria mais simples de novo.

Depois de encontrar a fórmula da juventude e se espreguiçar, beijou no rosto Daniel, que se remexeu em meio aos lençóis e murmurou um quase ininteligível "quehorassão". Aprontou-se e saiu às compras, deixando um bilhete pregado na geladeira: "COLOQUE A LASANHA NO FORNO. FUI AO SUPERMERCADO. TE AMO. J.". Já no mercado, estava tão perdido em seus pensamentos que procurava os maracujás na sessão de laticínios. E se sentia feliz. E se sentia feliz. Sabia que a vida era muito boa e que não podia realmente ser melhor que aquilo. Tinham pouco, mas podiam sobreviver e ser felizes com esse pouco. Daniel era como o mundo para Jeferson. Não dava pra ser melhor do que aquilo. Não dava. Maracujás na sacola, mais um maço de cigarros e alguns chocolates.

Voltando para casa, caminhava quando encontrou uma praça que estava presente no recente sonho, e assim foi reconstruindo alguns dos passos que conseguia lembrar, a fim de recordar mais fragmentos perdidos. Enquanto a nostalgia o comia por dentro, foi passando por todos aqueles lugares que costumavam ser frequentes em seus finados dias de segundo grau. A livraria, a rua de Bianca, o prédio em ruínas do antigo cinema e enfim o bar. Conseguiu, então, visualizar a cena do sonho, como que em regressão. Sentou-se em uma daquelas mesas dobráveis de ferro, pediu um café e passou a enxergar tudo:

Daniel, com seus olhos de tédio. Uma garrafa de qualquer coisa que Pedro emborcava num copo. André ele não via, mas conseguia escutar nitidamente sua voz. Olhou para baixo e viu as mãos. Embaralhando, embaralhando, embaralhando. "E pra você, Madame Xanadu, o que tem de bom pro seu futuro?" Era como André o chamava. Coisa de história em quadrinhos, parece. Cortou o monte. Puxou a carta de cima e virou-a sobre a mesa, em resposta àquele que ainda seria Sharon. Silêncio em volta. Jeferson ria por dentro. Explicou pela enésima vez que "A MORTE" do tarô não queria dizer morte no plano real e que aquela caveirinha do papel não devia meter medo em ninguém. Olhou pra Daniel, que suspirava, e todo o sonho entrou em perspectiva.

Agora estavam no bar: ele, o café e mais ninguém. Fitou sua mão, que alguns anos atrás havia virado aquela carta, e bebeu o café frio e meia-sola, apreciando o azul sem fim do céu de Natal. Saiu apressado e contente pelas ruas, em busca de casa, pensando no bom presságio do sonho. Morte é mudança. Morte é sempre bom. Lembrava que dizia pras pessoas que a morte no jogo sempre dá uma apimentada na situação. Pensou em Daniel, pensou em si próprio, pensou em como tinha sido legal eles estarem juntos até agora. Pensou felicidade e pensou mudança. *E que seja pra melhor!*, pensou. Encarou a mudança e saiu cantando pela rua. Maracujás em mãos, procurou as chaves enquanto subia o elevador. Existe algo de extremamente perturbador na ótica de algumas coisas. É como aquele caminho que você nunca se deu conta de como percorria e que, a partir de um momento x, deixa de ser automático. Um, dois, três, quatro, cinco, seis, sete. As portas do elevador se abriram, mais um, dois, três passos e uma chave girando. E um trinco se abrindo. "Cheguei!" E uma porta rangendo. Um silêncio brutal. E um punhado de maracujás rolando pelo chão. Ele ficou de pé, imóvel e observando a cena.

Existe algo de extremamente perturbador na ótica de algumas coisas. É como aquele caminho que você nunca se deu conta de como percorria e que, a partir de um momento x, deixa de ser automático. Torna-se atraso, torna-se bloqueio. Jeferson nunca mais veria o seu caminho de chegada em casa do mesmo modo. Ele sabia o que viu atrás daquela porta. Seus pés ficariam apertados e sua garganta haveria de diminuir consideravelmente ao percorrer essa jornada. É nisso que consiste o atraso. É nisso que consiste o bloqueio. Jeferson abriu a porta e deu de cara com o corpo de Daniel, estirado no chão, como se fosse uma obra de arte. Uma faca em mãos e outras no chão, espalhadas pela casa, dando um brilho prateado à trilha de sangue. Ele pôde ver, ele pôde ver as marcas, uma por uma, distribuídas pelo corpo recém-acordado do seu amado. E os maracujás rolando pelo chão. Ele realmente gostava muito dessas facas, pensou. Um, dois, três passos e a tentativa de não olhar para o corpo o fizeram dar de cara com o bilhete pregado na geladeira. Ao fim da frase, uma mancha de sangue descia como que num traço até mais embaixo, onde, na própria pintura da geladeira, criava em escarlate o contorno de um grande coração. Sentiu o cheiro da lasanha se espalhando e se misturando com o cheiro de morte. Desligou o forno.

Morte é sempre bom, lembrou.

Pernas cambaleantes, olhos esbugalhados, suor frio. Madame Xanadu calçando apenas uma bota, encostada com os dois braços na janela enquanto brigava com a própria respiração, cigarro entre os dedos e o mundo inteiro passando rápido demais lá embaixo. Rápido demais.

Eu sonhava sonhos com Madame Xanadu. Dançando intensa e solta em cima do balcão do Café Salão. Se repetindo em câmera lenta na minha frente, enquanto o mundo desabava e ela se transformava em movimento e som e luz e calor. Explodindo como uma supernova, Madame se desdobrava entre o ser e o não ser enquanto encontrava cada batida da música com seus passos assertivos. Dançava para si e para si e só. O que estava em seu campo de visão não importava. Tudo era coadjuvante. Madame dançava os sonhos de poder ser quem queria ser, de entender que tudo era transitório e que a morte tinha um jeito risonho de nos lembrar disso. Sentia os músculos se alongando e as vértebras se reacomodando, criando novos espaços dentro de si. Mais solidão, pequenas solidões. Madame dançava a solidão e se abraçava em movimentos suaves, se permitia o amor. Tudo explodiu numa colorida luz quase forte demais. Não estávamos mais. Não éramos mais. Éramos de novo. Era só um sonho? Eu segui sonhando sonhos com Madame Xanadu.

Iluminação e calor e luz e som fizeram o transe se tornar demais para minha cabeça, e meu corpo despertou apressado, coração pilhado, olhos bem abertos e respiração faltando, como se eu tivesse acabado de pular de *bungee jumping*. Tudo era real. Tudo existia. Tudo estava em seu lugar. Acalmei a respiração. *Tá tudo bem. Você está na casa de Bianca.* Me desaninhei do aconchego de minha noiva e fui em busca de algo que me prendesse os pés no chão. Ah! Café.

Já fazia um ano da cena. Do vestido. Do chapéu. Da *primeira* primeira vez. De ver seus olhos pendendo verdes como abismos num rosto-pintura sem fim. Já fazia um ano, mas poderia ter sido muito mais. De lá pra cá, Madame Xanadu tinha estado sempre no canto dos meus pensamentos. O que havia acontecido com Jeferson? Para onde teria ido o amigo de ensino médio de Bianca? Quem era aquela figura que tinha estado ali na minha frente num velório e havia parecido tão nova e tão eterna quanto poderia ser? No último ano, meu lado obsessivo e meu lado jornalista estiveram sempre com essa coceirinha. Em cada breve encontro com a Madame, a lia com os olhos, como a história que poderia ser. Que poderia ser transformada em palavras. Que poderia ser costurada num livro. Que horror!

Mas é isso que fazemos, né? Eternizamos histórias em páginas e fazemos com que nossos personagens estejam sempre fadados a repetir o mesmo destino. A cada nova leitura. A cada nova impressão. A cada reedição. O texto é a mais cruel máquina do tempo. Nos prendemos nele e por um curto momento estamos naquele passado em que ele foi escrito. Uma eterna revisita. E eu queria Madame Xanadu em uma cápsula direto para o futuro inteiro ver.

Colecionava recortes de revistas e jornais. Buscava na internet, encontrava vídeos. Assistia com atenção às entrevistas da Madame. Seu jeito pesado e luminoso se espalhando pelo ar. Observava a mídia se recurvar à sua presença. Madame Xanadu demonstrava uma personalidade estelar e conquistava por suas contradições. Por equilibrar a boemia bueirística e o sucesso nas passarelas, acabou se tornando um ícone no meio underground natalense.

Me servi do café que tinha acabado de passar. A regra é clara, depois de meia-noite qualquer café na cafeteira se torna veneno. Lembro de Bianca fazendo uma cara franzida enquanto esperava sua xícara terminar de rodopiar no micro-ondas. Bianca não entendia minha lógica. Bianca não entendia muitas coisas, na verdade. Por isso que ela também não estava tão a par dessa investigação amigável. Eu sabia que no momento em que eu dividisse minhas intenções, Bianca ficaria tão animada que forçaria a barra com Madame e colocaria todo o processo por água abaixo. Ou talvez fosse por causa da minha obsessão? Talvez. Também não queria perturbar sua cabeça, uma vez que, de umas semanas pra cá, Bianca comia, bebia e respirava nosso casamento, que aconteceria em alguns dias. Mas agora Bianca dormia. Meia-noite e meia. Café. Ah!

De uns meses pra cá foi que tudo tinha ficado muito esquisito. Comecei a encontrar Madame Xanadu em sonho. Nesses episódios, a rainha me leva por lugares que nunca tinha visto, mas sentia já conhecer. Eu a seguia maravilhado, em direção a um iminente fim do mundo, a única constante de todos esses encontros. A cada sonho, me eram reveladas coisas que lhe pareciam muito importantes, mas que pouco faziam sentido. "Quanto maior o cabelo, mais perto de Deus", me falava com o cuidado de quem confidencia segredos do universo, enquanto eu tentava compreender sua esculpida peruca de palhaço e enxergar algo na bola de cristal à sua frente, até que tudo começasse a tremer, desabar e derreter, me deixando acordado, desorientado e insone no meio da madrugada. Estava sendo assim.

Mas aquele último sonho havia trazido consigo uma inquietação diferente. Um desespero muito doce, uma espécie de urgência. Aos poucos, enquanto tentava remontar todas as cenas, percebi que o tempo que tinha passado esperando o café ficar pronto foi suficiente para que eu perdesse tudo. Quase tudo. É delicada demais a matéria de que são feitos os sonhos, e basta um descuido para esquecer esses quase acontecimentos. Procurei dentro da minha cabeça. Lembrei então da urgência e da sensação, ainda mais forte, de já ter visto aquele lugar do sonho. Mas pela primeira vez era um lugar real, um lugar que efetivamente conhecia: o Café Salão.

Percebi que não ia dormir mais, nem se me esforçasse bastante. Pela janela vi Natal, o reflexo luminoso da ponte Newton Navarro no rio Potengi. As madrugadas eram ainda mais bonitas. O silêncio sempre me ajudou a pensar melhor. Senti a fisgada mental e soube que dali pra frente eu não tinha como fugir. O Café Salão ainda estava aberto, conferi em meu celular. Quando dei por mim, já estava em meu carro. Pisquei novamente e me encontrei na boêmia avenida Duque de Caxias, de frente ao edifício que abriga o café que aparecera em meus sonhos. Tudo rápido demais. Como se eu estivesse predestinado a fazer aquele caminho. Respirei fundo e segui em frente.

Nalva Melo Café Salão é um acontecimento. O encontro sutil entre salão de beleza, cafeteria e bar fez de Nalva o *point* de todos os potiguares mais modernosos. Paredes cobertas por lambe-lambe de fotografias antigas, em uma delas o registro de uma performance de duas meninas com cabelos muito longos enlaçados entre si. O chão é um xadrez de azulejos hidráulicos, fazendo do cômodo abafado um tabuleiro sem fim. Cadeiras de salão em estilo antigo se misturam com objetos de arte moderna e na meia-parede de onde surge o balcão, se você se curvar o suficiente, pode ler escrita por inteiro o poema *Ofertório*, de Civone Medeiros. A televisão de madeira no canto da sala traz uma imagem confusa. Cheguei perto o bastante só para entender que era eu mesmo, de cabeça pra baixo, sendo filmado por uma câmera escondida. O lugar é meio isso: um pedaço de país das maravilhas no centro histórico de Natal. Antes de ficar completamente tonto com estímulos visuais, sentei em uma das mesinhas de madeira e captei a voz de Bethânia brotando da vitrola.

Um baque seco interrompeu meu transe neural e vi o copo de vidro colocado em minha frente por uma mão longa e escura de unhas muito bem cuidadas. Levei um susto ao percebê-la ali, e falando isso, agora, entendo quão pouco sentido faz em não reparar a presença de uma gigante *drag queen* de vastos cabelos vermelhos e iluminado vestido curto coberto de lantejoulas. Me serviu um whisky enquanto olhava dentro de meus olhos, como se já me esperasse. Como se já tivéssemos vivido essa cena muitas vezes. Como se nem fosse estranho eu estar ali, de pijama, uma da manhã.

— Bebe caubói, poeta?

Estava ali, na minha frente, sorrindo um meio-sorriso, a figura que caminhava por entre meus sonhos. Tão real quanto imaginária, a mesma daquele dia, de um ano atrás, do vestido, do chapéu.

— Boa noite, Madame.

Entreguei um sorriso inteiro de volta. Ficamos presos naquele microssegundo, até que ela se virou com suavidade, e seguiu para o balcão sem prolongar a conversa. Não ousei discordar do título de poeta. O corpo que um dia foi de Jeferson caminhava pelo salão se equilibrando sem muito esforço nas botas pretas. Em sua mão, a garrafa fazia movimentos doces enquanto Madame encontrava sua rota vagando ao som da música. Uns poucos três clientes se espalhavam entre mesas e balcão. Seu Bigode lia o jornal. Seu Careca se debruçava sonolento no balcão. Seu Orelhas escrevia desesperadamente. Madame pediu licença a Seu Careca para limpar o balcão.

Sempre achei muito peculiar esse seu lado barista-garçonete. Na verdade, até dei sorte de encontrá-la assim, no susto. Na semana anterior ela tinha viajado para a São Paulo Fashion Week, com a marca de Rose. Uns três dias antes, tinha feito um ensaio fotográfico no Dragão do Mar, em Fortaleza. Mas, sempre que estava em Natal, era certo que se encontrava ali, em Nalva, acordando bêbados e enxugando copos.

— Eu acho que ela paga pra trabalhar lá — Bianca dizia.

Seu Orelhas se levantou do manuscrito embananado e foi em direção à vitrola. Percebi que se demorava nos vinis encostados ao lado do toca-discos. Agulha a postos, o som inicialmente chiado foi se traduzindo em notas musicais. Seu Orelhas balançou os quadris discretamente, sendo carregado por aquele som de guitarras elétricas melodiosas e vozes românticas e robóticas. Um som meio novo, meio antigo, meio como tudo naquele lugar. E agora ele já enchia o espaço e fazia parte de nós.

Procurei Madame com os olhos e a encontrei detida num copo ensaboado, como se aquela música tivesse chegado mais forte nela que em todos nós. Saboreava a melodia enquanto os ombros sinalizavam um quase movimento ritmado e os olhos prenunciavam enchente. A música estava dentro dela e a música era ela. Vi quando deixou o copo escapar para a pia e as mãos se elevaram ainda meio molhadas no caminho de encontrar sua cabeleira. Sentiu cada vibração daquela guitarra em prantos e foi deixando também que seu corpo esguio e alto fosse envolvido por todo o som ao redor. Dançou delicada e gigante, fazendo com que cada lantejoula cumprisse seu papel.

Estávamos lá de novo ou pela primeira vez? Um crescente na melodia fez Madame empurrar o já adormecido Seu Careca e usar o banco do senhor, agora caído, como impulso para ganhar o balcão. Copos e pratos em seus pés caíram, quebraram e se estilhaçaram enquanto a lady vivia aquele momento e dançava como se a sua vida dependesse disso. Foi então que começou. O verdadeiro show de Madame Xanadu. Seu corpo foi arrebatado pelas vozes metalizadas, conforme tudo que havia no mundo a assistia, estonteado. Sua dança em crescente fez o corpo encontrar novos caminhos de ser, e em cada movimento enxerguei sua dor. Estava ali. Mas já estava? Algo se confundia com o irreal.

Madame agora ia transformando sua dança num abraço a si. Se sentia naquele corpo, se compreendia, se via. Chorou em seus próprios braços enquanto mastigava devagarinho a dor e ia encolhendo seus balanços junto à música. O que se passava? O que existia depois da maquiagem? O que se escondia por detrás dos tristes olhos verdes de Madame Xanadu?

O momento era esse. E o momento se repetiria para sempre.

ROSE [REC]

Agulha e linha. Agulha fura tecido, atravessa, volta, puxa linha. Puxa firme. Agulha fura, atravessa, volta, puxa. Firme. Tente não pensar.

Eu não sei como essa história pode colaborar com o que você está querendo fazer, mas já entendi que você não vai me deixar ir embora enquanto eu não contar. Seu sadismo vai lhe custar alguns pontos no cunhada *card*, mas também me deixa menos mal de contar. Não porque eu queira contar isso pra você, exatamente. Mas porque eu preciso contar pra alguém. Pois bem. Agulha e linha. É como tudo começa. E foi como este começou também, não faz muito tempo.

Eu já vinha trabalhando na peça e ao mesmo tempo tentando não pensar tanto assim nela há uma semana, mas nesse dia em especial eu precisava de um modelo vivo para alguns ajustes. Fechei a porta às minhas costas. Rodei a chave duas vezes. Estávamos no meu escritório, onde eu podia desfrutar de um pouco de silêncio e paz em meio à correria constante do ateliê. Minha modelo não poderia ser outra pessoa.

— Vamos começar?

Estava trabalhando com Madame Xanadu há aproximadamente seis meses já. E já a havia desvinculado de Jeferson, de alguma forma. No começo era difícil para mim entender como a transformação havia acontecido e por que agora ele havia se tornado ela, mas com o tempo fui parando de tentar entender o que o havia levado àquilo e começando a absorver quem era essa nova pessoa e a me encantar com ela, e as coisas começaram a ficar um pouco mais fáceis. Sentia saudade de Jeferson, sim, mas arrisco dizer que gostava mais de minha nova companheira de trabalho.

Enquanto modelo, naquele fatídico desfile, Madame fez com que a imprensa finalmente abrisse os olhos para a minha marca e nos desse a devida atenção. Por causa dela, muitas portas foram abertas e foi possível ter um novo nível de projeção para a Rosa Maria. Sei que eu trabalho bastante e reconheço a qualidade das peças produzidas pelo ateliê, mas não posso negar o empurrãozão que tivemos das mãos esmaltadas de Madame Xanadu no dia em que ela chegou, completamente desmazelada, à minha porta. Por um bom tempo me senti muito culpada de ter me aproveitado da situação, mesmo sem saber, mas de alguma forma fui me conformando e percebendo que aquilo seria o melhor para nós duas.

Madame estava com um penteado armado com ares de Maria Antonieta. Me surpreendia sempre com suas escolhas. Pedi que ela subisse à plataforma no centro da sala enquanto eu seguia para a mesa em busca do vestido e tentava não lembrar o que ele remetia. Só que tentar não pensar em alguma coisa é já pensar nela. Transportei a peça, sentindo suas maciezes e asperezas e comecei a vesti-la em minha modelo e cúmplice. Vamos lá. Feche os botões e tente não pensar. Tente não lembrar de um mês atrás. Tente não recordar. Não deve ser tão difícil assim. "Rose, eu queria te pedir uma coisa", Bianca disse naquele dia. E aí a voz dela já estava instalada na minha cabeça e eu não conseguiria mais evitar a lembrança.

"Rose, eu queria te pedir uma coisa", foi o que ela disse. Me chamou para tomar um café e, depois de eu ter contado como estavam as coisas com a marca e como estava sendo interessante o rumo que a coleção estava tomando, ela tomou o último gole de seu leite com café bem clarinho, "uma lágrima", como gostava de pedir, e me comunicou: "Rô, eu vou casar". O soco no estômago veio, obviamente, mas eu já esperava e vinha me preparando para isso. Por incrível que pareça, não estava possessa, mas conformada.

Abrindo um parêntese, espero que você não comece a achar que eu simpatizo com a sua pessoa, ou coisa do tipo, por causa dessa minha reação. Tem mais a ver com o fato de eu saber que você não teria coragem de lascar a vida dela como aquele *filhadaputa* fez. Racionalmente falando, você é a coisa menos pior que poderia acontecer a ela, que sempre foi um ímã de problemas. Pois bem. Imediatamente, pus em prática a reação calorosa e contente já muito ensaiada e dei-lhe um abraço de apoio. Ela me sorriu, chorando: "Eu pensei que você ia fazer aquela sua cara de sempre", "Que é isso, Bia! Claro que eu tô feliz por você!", *claro. Claro.* Um pouco mais aliviada, segurou minha mão e disse: "Então eu sinto menos medo de falar o que eu queria", gelei. "Rose, eu queria te pedir uma coisa. *Puta merda, o quê?* "Eu não consigo pensar em outra pessoa para fazer isso que não você", "Sim?", "Você pode fazer meu vestido?".

— Tá tudo bem com você?

— Sim, Madame. Tudo ok. Só um segundinho. — Abotoei o último dos botões, subi meu cabelo num coque, enfiei os óculos escuros no rosto e ensaiei um sorriso. — Melhor agora.

— Tem certeza que quer continuar?

— Tenho.

Puxei para perto de mim uma caixa repleta de pequenos recortes de tecido em formato de pétalas. Pequenas folhinhas brancas, peroladas, acetinadas e sutis variações. De alguma forma muito masoquista, eu não havia deixado nenhum estagiário encostar as mãos nesse projeto. Então escolhi cada corte de tecido e moldei todas as pétalas. Boa parte delas já havia sido costurada, manualmente, no vestido que Madame trajava sobre a plataforma. Uma por uma. Agulha e linha. Furando tecido, atravessando, voltando, puxando firme. E mais uma vez. E mais outra. E outra. Até que criasse vida. A vasta quantidade de pétalas alvas fazia com que o vestido parecesse um grande buquê fantasma. Qualquer movimentação de ar fazia tudo farfalhar graciosamente. Como uma fada, tomando forma. Era tudo menos real, o vestido. A peça mais bonita que eu já costurei, certamente. Agora, mesmo o vestido ficando meio curto para Madame, poderia perceber com mais clareza em quais espacinhos caberiam as últimas pétalas.

Fura. Atravessa. Volta. Puxa.

É claro que respondi de pronto que eu faria o vestido. Que seria uma grande honra. Que ia ficar completamente revoltada se ela chamasse outra pessoa que não eu. E um monte dessas coisas que a gente fala para agradar. Mas eu estava desesperadamente querendo fugir daquilo. Porque eu sabia que cada agulhada que daria no vestido seria como se estivesse costurando meu próprio coração. Que eu iria sofrer pra caralho, como realmente sofri pra caralho. Mas precisava fazer isso por ela. Já chega. Bianca já tinha sofrido demais. Eu tinha ajudado a fazer Bianca sofrer demais. E não fazia mais sentido ela sofrer. Nunca mais. Ela merecia aquilo. Uma chance de ser feliz. De fugir desse ciclone de sabotagem e ter uma vida legal.

Seria como o último abraço de Rose em Bianca. Finalmente uma despedida. Um fechamento. Por isso fiz tudo à mão. Queria a oportunidade de não ser a bruxa má pelo menos uma vez. De finalmente poder ser a fada madrinha. De transformar tudo de mais asqueroso que havia dentro de mim em algo bonito e colocar um ponto final nisso.

— Pode chorar, meu bem — disse a lady.

Entre alfinetes, broches de segurança, linhas e agulhas, fui descendo as mãos por aquele vestido, que já representava tanta coisa, e meus joelhos enfraqueceram até encontrar o chão, frente à Madame. Chorei. Derramei tudo aquilo que eu guardava dentro de mim e não podia compartilhar com ninguém por medo, vergonha, raiva e asco de mim mesma. Tudo que havia de mais horroroso aqui dentro expulsei por meio das minhas lágrimas enquanto me segurava firme na barra do vestido. Madame sentou-se e aninhou minha cabeça em seu colo, repleto de macias e ásperas pétalas brancas. Tirou meus óculos e desfez o coque, acarinhando meus cabelos. Me acalentou. Em meio às lágrimas fui tentando respirar com mais calma. A costura do vestido era o purgatório para aquele momento final: minha catarse.

A verdade é que nenhuma bruxa má escolhe não ser princesa.

Eu posso ir embora, agora?

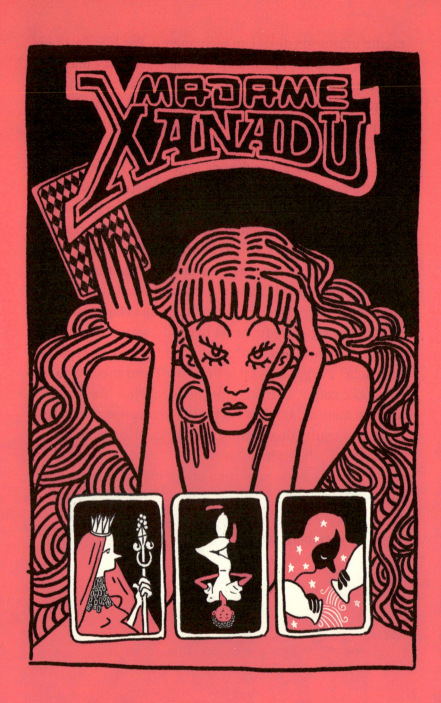

SHARON [REC]

Foi punk. Como tudo que acontece com a gente? Não. Esse dia foi só o mais punk de todos mesmo. Não sei de onde tirei forças, sinceramente, de chegar ao fim daquele dia. Foi tudo rápido demais e tive que lidar com aquilo e resolver aquela merda toda quando na verdade tudo que eu queria era passar pra dizer um oi pros meninos. Fazia tipo um mês que não via Jeferson e Daniel, e por um acaso eu estava por perto e, como sabia que àquela hora eles já estariam em casa, resolvi que seria legal fazer uma visitinha.

Quando as portas do muito iluminado elevador se abriram no sétimo andar, comecei a escutar baixinho uma música. *Sometimes I feel I've got to run away. I've got to get away.* Não a versão das Pussycat Dolls, nem a do Marilyn Manson, mas algo bem anos oitenta, que era muito a praia de Jeferson. Respirei fundo e caminhei em direção ao som, já me preparando mentalmente para soltar algum comentário debochado quando Jeferson me recepcionasse. Pressionei a campainha. Esperei por algum tempo, escolhendo algumas ofensas amigáveis, mas o abrir da porta não aconteceu realmente. Toquei a campainha novamente. Nada. Que estranho... Bati algumas vezes e nada de respostas. Tentei enfiar minha cara no olho mágico, mas não consegui enxergar coisa alguma, como já era de se esperar. Girei a maçaneta e percebi que a porta não estava realmente trancada.

A primeira coisa que vou lembrar sempre é do fortíssimo cheiro de maracujá invadindo meu nariz. As cortinas faziam com que a luz passasse preguiçosa, iluminando de leve cada elemento que havia ali. Um abajur, um sofá, um cinzeiro, um punhado de maracujás no chão e o corpo de Daniel estirado na sala de estar. Embaixo dele, uma poça de sangue que parecia já estar há um bom tempo por ali. Seus membros contorcidos davam ideia de rigidez e a pele parecia mais branca do que o normal, com exceção dos lábios muito roxos e cortes espalhados progressivamente por ambos os braços, intensificando-se nos pulsos. Apesar de não conseguir processar direito, estremeci. Havia muito sangue por ali, sangue demais. Minha respiração começou a falhar. À minha esquerda, um ruído de isqueiro, seguido de baforada.

— Tem uma pessoa morta na sala dessa casa.

Era a voz de Jeferson e ao mesmo tempo não era. Caminhei para a cozinha em busca da voz e encontrei-o sentado à mesa com os cotovelos apoiados e um cigarro pendendo à ponta da mão. Usava uma antiga peruca loira minha. Quando a cabeça surgiu por entre suas mãos, pude ver que seu rosto estava pobremente maquiado.

— Você viu que absurdo? Eu cheguei e estava aí. Sem explicação alguma.

Os verdes olhos vagos fortemente delineados olhavam para qualquer ponto do espaço, menos para mim. Sem desencostar o cotovelo da mesa, tragou novamente o cigarro com aqueles lábios muito vermelhos, sem se preocupar em bater as cinzas no cinzeiro à sua frente. Nada fazia sentido. Havia uma trilha de sangue pelo chão que levava até a geladeira, onde se formava o desenho de um coração. Por mais que eu me esforçasse pra montar o quebra-cabeças, nunca fui do tipo inteligente, ainda mais quando abalada.

— Já que você está aí, pode ligar pra polícia pra resolver isso?

— Jeferson, o que aconteceu aqui?

— Não sei quem é Jeferson. Não sei o que aconteceu. Só sei que tem um corpo estirado na sala.

— É Daniel.

— Também não sei quem é Daniel. Mas já que você conhece ele, pode fazer o favor de resolver essa situação? — Falava entre nuvens paradas de fumaça enquanto, com a mesma mão que segurava o cigarro, apontava nervosamente para o ponto da sala onde estava o defunto. Parecia genuinamente não fazer ideia do que estava acontecendo. Menos que eu, até. — Alô? Moça? Como é seu nome?

— Sou eu, Sharon. — Mas ela não parecia saber quem eu era. Não parecia reconhecer nada, nem o próprio Jeferson. Semifechados, os olhos buscavam memórias que não existiam. — Lembra?

— Você... Me conhece?

— Sim.

— Eu não consigo lembrar de muita coisa. Já faz algumas horas que tento puxar memória na minha cabeça e não recordo nada antes do momento em que eu abri os olhos e vi esse corpo no chão.

— Você... Sabe quem é você?

— Eu sou ela. — E apontou para uma revista em quadrinhos antiga em cima da mesa — Não sou?

A primeira edição de *Madame Xanadu*. DC Comics, 1981. Não por acaso uma revista que eu tinha lhe dado de presente. A protagonista do quadrinho era uma mulher alta, elegante e de longos cabelos, que lutava contra o mal por meio das cartas de tarô. Perdi tardes e mais tardes caçando as raras edições nos sebos da cidade. Era como eu o chamava quando pedia que tirasse as cartas para mim. "Vamos, Madame Xanadu, o que as cartas têm para hoje?" Respirei fundo e procurei meu telefone na bolsa. Enquanto comunicava o ocorrido à polícia, observava aquela que um dia foi Jeferson, perdida em seus pensamentos. Chorava baixinho e suas lágrimas carregavam grandes quantidades de delineador. Passei o endereço e desliguei o telefone.

— Nós nos conhecíamos — falou como se perguntasse e voltou-se para mim, com os olhos marejados. — Será que fui eu que matei ele?

Aproximei-me dela e recostei sua cabeça em mim. Fiz companhia a seu choro enquanto afaguei-lhe os cabelos, naquele momento já tão dela. Suas mãos tremiam, mas já não eram as mãos de Jeferson. Aquelas esguias mãos negras se desesperavam com a suavidade histérica de Bette Davis e seus olhos agora me fitavam pesados como os de Joan Crawford. "Fui eu que fiz isso?", eles diriam.

— Não, Madame. Você não seria capaz.

Fosse consciente ou não, são ou insano, aquele era seu mecanismo de defesa agindo. Era a sua mente dizendo que não conseguiria lidar com tudo aquilo e que estava mandando um substituto legal enquanto tentava se recuperar da pancada. E que pancada. Daniel morreu. Caralho, que merda. Primeiro Pedro, depois Daniel. Menos de um ano. Fiquei ali abraçada com ela, pensando se tivesse sido comigo. Se eu não tivesse tido como me despedir de Pedro. Se eu não soubesse o motivo pelo qual ele estava morrendo. Que merda gigante. *Chegue, Jeferson. Onde quer que você esteja aí dentro, me abrace. Vai ficar tudo bem. Vai ficar tudo bem.* Engraçado como a maioria das vezes que alguém fala isso pra gente é porque está tudo realmente muito longe de ficar tudo bem.

No canto da sala um cadáver fitava o teto calmamente, não condizendo com a situação em que se encontrava. Não havia glamour algum naquele momento. Nada além de poças de sangue seco, roupas manchadas e braços dilacerados. Lábios roxos e franzidos acompanhados de membros tesos e olhos vagos. A figura que costumava ser Jeferson desvencilhou-se dos meus braços e acendeu melancólica e dramática um novo cigarro, apesar de Jeferson sempre ter detestado todo e qualquer tipo de fumo. Me servi de um pouco de água, enquanto procurava algo parecido com um bilhete, uma nota, uma carta de despedida. Mas nada. Um *post-it*? Não, nada. Só a porra de um coração desenhado com sangue na porta da geladeira. Nada mais.

O nome da banda era Soft Cell. Depois que a polícia veio e a perícia constatou que Daniel havia se suicidado. Depois de despachar Jeferson na porta do ateliê de Rose. Depois de chorar pra caralho sozinha dirigindo um carro que morria todas as vezes que eu parava em um semáforo. Depois de resolver todos os trâmites funerários. Depois de chamar uma pessoa para lavar as manchas de sangue do apartamento. Depois que eu cheguei em casa. Depois disso tudo. Antes de tirar meus sapatos. Pesquisei na internet o nome da odiosa banda oitentista cujo único hit não saía de minha cabeça. Soft Cell. Nunca esqueci. Soft Cell.

"Don't touch me please
I cannot stand the way you tease
I love you though you hurt me so
Now I'm going to pack my things and go"

JOÃO

Tantas da madrugada. Seus Bigode, Careca e Orelhas deixaram o bar, um após outro. Madame Xanadu finalmente terminou de limpar a bagunça que ela própria havia feito no balcão e imediações. Dobrou o paninho e veio em minha direção com uma xícara de café. Busquei a carteira no bolso.

— Se eu quisesse dinheiro, não serviria sem ser chamada. É por conta da casa, poeta.

— Mas e se ainda assim eu quiser pagar?

— Então, eu aceito, contanto que seja em companhia.

Me serviu o forte café e sentou à minha frente, deslizando a carteira de cigarros para cima da mesa. Antes que eu pudesse pensar em comentar sobre a fumaça, ela já estava em sua primeira baforada.

— Se incomoda se eu fumar?

— Não.

A resposta não faria diferença. Ela ficou ali sentada sem se mexer muito, mas com aquele seu jeito de se espalhar por todo o espaço. Parecia não caber em lugar nenhum. Para esconder meu abestalhamento, foquei no café.

— Bom?

— Uma delícia — menti. Não inteiramente. Era adepto da máxima de que qualquer café é melhor que nenhum café. — Você dança muito bem!

— E você mente muito mal. — Rimos.

— Como que eu faço pra saber quando vai ter outra performance como essa?

— Tenho a sensação que vai demorar bastante. — Os olhos vagaram, enquanto fumaça se depositava à sua volta. — Como tá Bianca?

— Tá bem. Tá... daquele jeito dela. Correndo muito esses últimos dias com as coisas do casamento. Você vai, né?

— Vou. — *Não vai.* — Digo... Não sei. Vou tentar ir.

— *Também não.* — Se tudo der certo, né? Mas eu vi o vestido. Belíssimo. — Pausou, tragou. — Mas e você, fazendo o que por aqui?

— Eu estava pela vizinhança.

— De pijama.

— Isso.

Madame me riu aquele riso cheio de dentes dela, tirando de mim qualquer possibilidade de seguir com a farsa. Tive medo demais de perdê-la. Precisava trazê-la pra junto, precisava estar ali com ela.

— Qual é o grão desse café? — me esforcei.

— Por que você não faz as perguntas que quer mesmo fazer?

— Como?

Balançou a cabeça entediada, revirou os olhos e puxou meu copo de whisky pouco aproveitado para junto de si. Continuou com sua lógica:

— Por que ninguém fala o que quer falar? As pessoas vêm e vão e fazem uma volta enorme até chegar aonde querem. Eu não tenho tempo, poeta. Você me pergunta sobre o café sem querer saber exatamente disso e estou cansada o suficiente pra cortar a baboseira e te perguntar o que é que você quer. Sem rodeios.

Moramos no silêncio daquele momento.

— Por que você trabalha aqui?

— Eu preciso.

— Mas a marca de Rose...

— Não é pelo dinheiro. É a rotina. Preciso acordar e ter um objetivo no meu dia senão eu não sei se consigo chegar ao fim. Se eu for depender de quando Rose precisa de mim, pode ser que eu passe uma semana inteira sem sair da cama. E se passar uma semana inteira na cama, é provável que eu não levante para a semana seguinte, e assim por diante. Daí o trabalho aqui me ajuda a ter sanidade mental, às vezes.

— E nas vezes que não ajuda?

— Aí eu danço enlouquecida em cima do balcão. — Rimos.

— Por que você subiu no balcão?

— Deixa ver se eu consigo explicar. Às vezes o sentimento vem com tudo, tudo mesmo. Ele vai tomando de conta do corpo inteiro e enchendo as veias, artérias, passando por cada fio de peruca até a ponta do salto alto, subindo correndo forte pela coluna e explodindo nos olhos. Nesses momentos você não tem muita escolha de não fazer. Daí você pode até tentar engolir a dor, mas depois de um tempo você está tão cheio dela, que acaba vomitando tudo, em qualquer lugar. Seja chorando desesperada no meio da rua, tacando fogo num monte de fotos antigas ou dançando sozinha em cima de um balcão de bar.

Cada declaração sua era grandiosa o bastante para fazer com que qualquer palavra que eu pensasse em falar parecesse uma grande besteira. Ensaiava algo a dizer quando ela me cortou:

— Você não vai anotar isso não?

— O quê? — fui pego de surpresa.

— Eu estive esperando. Não sei você. Alguém. Alguém que escreva minha vida. Alguém pra me fazer durar depois de mim. Que transforme essa dor em algo que valha e me ajude a encontrar algum sentido em qualquer coisa que seja.

— Você fala coisas bonitas demais, Madame.

— Uma história triste é sempre bonita quando acontece com as outras pessoas. — Depositou o cigarro aceso no copo que outrora carregava o whisky. Levantou de supetão. — Eu tenho que fechar o bar.

— Já? Por quê? — Me bateu o desespero.

— Já tá na hora — disse ela, enquanto depositava o copo na pia.

— E se eu quiser ficar mais um pouco?

Já de bolsa pendurada no ombro, caminhou até a entrada enquanto ia apagando uma por uma as luzes do mágico Café Salão.

— Vai ficar num bar trancado e escuro até Nalva chegar aqui amanhã de manhã e ligar enfurecida, me acordando e me demitindo, só para me readmitir algumas horas depois. — Me olhou, inquisitiva, já segurando a maçaneta de uma porta aberta. — E aí, poeta? Quer causar esse transtorno?

Levantei prontamente e andei ligeiro até a saída, passando pela lady que guardava o portal para o mundo exterior. Da rua fria, observei Madame Xanadu passar a chave na porta metálica.

— Eu vou voltar mais vezes.

— Já vou avisando que Nalva não aceita companhia como pagamento.

— E você não vai estar aqui nesse mesmo horário?

— Não sei até quando. Eu vou... passar um tempo fora — divagou. — Fazer uma viagem. Resolver uns negócios. Essas coisas.

— Mentira.

— O QUÊ?

Ela se voltou pra mim com um falso ultraje cômico e exagerado. Gargalhamos. Sentou no degrau de entrada.

Parecia bem cansada. Não pelo dia, mas por um punhado de outras coisas que eu ainda ia saber.

— Eu posso te levar em casa.

— Conheço o caminho da minha casa.

— É perigoso andar a pé, essa hora.

— Obrigada, mas eu sei me cuidar sozinha. Duvido muito algum cracudo partir pra cima de uma *drag queen* de dois metros de altura.

Isso era bem verdade. Mas havia algo nela que parecia não querer ir só. Que precisava da companhia. Queria conversar. Tinha muito a falar e havíamos encontrado uma sintonia peculiar. Uma cumplicidade meio que instantânea. Como se fôssemos velhos conhecidos e já tivéssemos vivido tudo aquilo de novo e de novo. Estava ali. Eu só precisava aproveitar. Não sou a melhor pessoa no que diz respeito a tomar decisões, mas seria aquele momento ou nunca.

— Eu quero escrever sua história.

— Pensei que você nunca fosse pedir, poeta.

— Eu não sou poeta, sou jornalista.

— Dá no mesmo. Só preciso contar tudo que eu tenho que contar antes de fazer minha viagem. Pra resolver esses negócios. Assuntos pessoais. Se você tiver ouvidos suficientes pra escutar.

— Eu tenho.

— Veremos, então.

— Como começa?

— Começa com um cigarro. — Pausa. Isqueiro. Baforada. — Começa comigo sentada na calçada do Café Salão às quatro e quarenta e oito da manhã, fumando um cigarro.

— Aqui?

— É, bem aqui.

— E quando é isso?

— Daqui a uns dias. Você vai saber. Vai receber uma ligação.

— Começa do fim, então.

— É. Começa do fim.

— Agora que você tem uma história inteira pra me contar, pode fazer o favor de entrar no carro?

— Vou pensar.

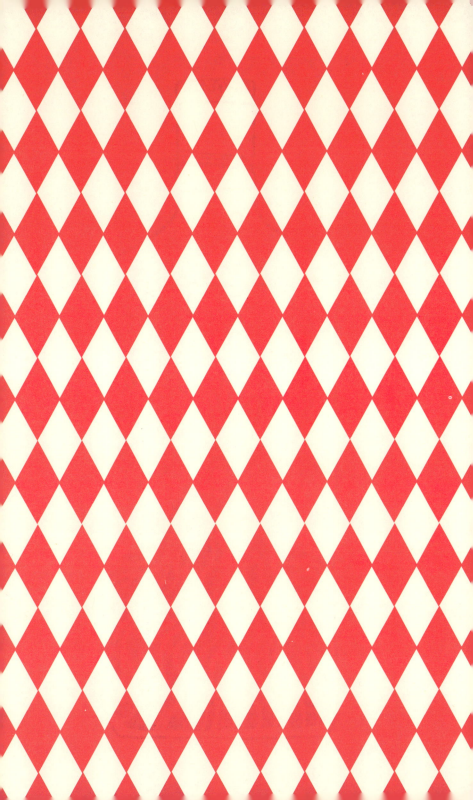

MADAME

E DA SUA JANELA, OBSERVOU A RUA. PARA ESCAPAR DE SI mesma. Para fugir do que estava prestes a acontecer. Da janela do sétimo andar, observou o movimento dos carros e refletiu em como seria tão mais fácil pular, ali, naquele momento. Se deixar cair. Se deixar abraçar pela morte. Ouvira uma vez que quando as pessoas caem de prédios, não é o choque com o chão que as mata, mas o coração que para, ao perceber a iminência da morte. Sempre sentia o puxão, ao admirar a calçada, de cima. Seria um estresse a menos, no caso. Para ela, né? Porque o trabalho que ela daria a Rose, de pagar alguém que conseguisse dar uma cara boa ao seu defunto, não lhe deixaria partir de consciência tranquila. A vontade estava ali; a coragem, não.

Já fazia algum tempo desde que começara a escutar as vozes. Não as temia. Sabia exatamente de onde vinham e o que queriam. Agora estavam mais fortes. As vozes vinham com memórias e nenhuma das memórias era sua e isso a fazia querer chorar e cair aos pedaços. Memórias de tempos felizes, vividos por aquele corpo, mas não por ela. Como não?

Livrou-se da bota e caminhou cambaleante para o banheiro. Vagarosa, foi se desfazendo da peruca, fazendo aparecer uma touca de meia permeada por grampos. Debruçada em frente ao espelho, começou a retirar a maquiagem com ajuda de muito demaquilante e um pouco de algodão. Deteve-se em cada parte do processo, tentando acreditar que ela própria poderia ser removida junto com todo aquele pó e pigmento. Assim despiu-se por inteiro daquela face, revelando um rosto que não era seu. Mantendo o ritmo, foi se desfazendo de seus trajes. Desenrolou a meia-calça arrastão, retirou com cuidado cada uma das unhas postiças e enxergou-se sem disfarces, no reflexo. A casca havia ido embora, mas ainda era ela ali. A mesma ela de sempre. Respirou fundo e esforçou-se para que o fôlego não se transformasse em lágrimas.

Sentada na cama, buscou seu whisky companheiro na mesinha e o trouxe para si, junto da jaqueta. Tateou forte, na intenção de saber se a caixinha ainda estava ali. Estava. Abriu a caixa como se desarmasse uma bomba-relógio e admirou a cartela de comprimidos que estava em sua mão. Destacou os comprimidos um por um, deixando-os em fila, ao lado da garrafa de whisky. Comprimidos. É assim que Madame Xanadu deixaria seu reino. Comprimidos. Nada de brilho, paetê ou glamour. Só comprimidos.

As vozes vinham cada vez mais fortes e já não havia muito a fazer. Não queria mais lutar contra o impulso. Já havia aguentado tempo demais. Serviu um copinho descartável com whisky e levou a fileira de comprimidos à mão, formando um montinho.

Respirou fundo. *Vamos lá, Madame. Como quem arranca um curativo.* Sem pensar mais, colocou todos os remédios na boca e foi engolindo aos poucos, com ajuda da bebida. Nem o whisky lhe rasgava mais. Só enxergava aquilo como paz. A paz de deixar tudo. A paz de não ter que ser. Pronto. Estava feito. Estava morta? Não. Ainda tinha que esperar. A última espera. Se deixou demorar naquela grande paz. Não sabia se era exatamente felicidade. Talvez o fim das dúvidas. Não havia mais decisões a serem feitas ali. Só espera. Sorriu calmamente e sentou-se no chão. Embaixo da mesinha, enxergou um baralho surrado e o trouxe para junto de si. Uma última consulta ao tarô? Por que não? Embaralhou.

Traçando as cartas e entrançando os caminhos. Ler as cartas era como conversar consigo própria. Não havia por que perguntar pelo futuro. Futuro já não havia. Apenas embaralhar e cortar e jogar as cartas. Mente em branco. Não mais que três. Três estava bom. Assim sendo, deitou as três cartas escolhidas no chão frio, à sua frente.

Imperatriz. O que ela um dia já havia sido. Seus dias de rainha e toda sua glória incandescente. Recordou-se do primeiro desfile com Rose. O longo vestido negro, os fotógrafos, a repercussão. A ideia de poder ser alguém e a ilusão que isso poderia a fazer esquecer de tudo.

Enforcado. O seu agora. As inevitáveis lembranças de um passado que não era seu. A imobilidade que sentia e a sensação de que não seria possível respirar. As vozes na sua cabeça. A saudade de Daniel. Daniel. A ideia de Daniel reinando sobre sua vida e não a deixando fazer mais nada além de pensar nele. A corda em volta de seu pescoço. A incapacidade de continuar. Daniel.

Estrela. O depois. Estrela? Não, não. Só pode ter alguma coisa errada com esse baralho. Não era possível que ainda houvesse alguma esperança para Madame Xanadu. Segurou a cabeça entre as mãos e o pensamento começou a tomar conta de sua mente. O medo de ter que suportar mais um dia. O medo de pisar de novo no chão. O medo de escutar que "toda tentativa de suicídio é um grito de socorro". O medo de não fazer a viagem. E toda angústia foi se transformando em desespero e começou a transbordar por seus olhos. *Puta que pariu, não! Não e não e não e não.* As vozes em sua cabeça já estavam absurdamente altas e ela pressionava as mãos contra os ouvidos de forma a não escutar, mesmo sabendo que era em vão. Uma mesma frase repetida diversas e diversas vezes. A mesma frase. O mesmo apelo. Sua mão começou a se mexer contra a vontade e buscou em cima da cama o celular. Por mais que brigasse com o impulso, os dedos conseguiram encontrar o primeiro número na lista de chamadas e discar. A frase se repetia em sua cabeça quase como um mantra. *Não, não. Não faça isso, caralho.* O telefone chamou. *Não faça isso, por favor.* Do outro lado da linha uma voz deu sinal de vida, e a frase repetida dentro de sua cabeça se fez verbo, com esforço.

— Me ajude.

As vozes pararam. O telefone escapou suave de sua mão, quicando no piso com um baque seco. Enfraqueceu lentamente e escorregou caída e enfadada no chão. *Agora você pode enfim dormir, Madame. Boa noite.*

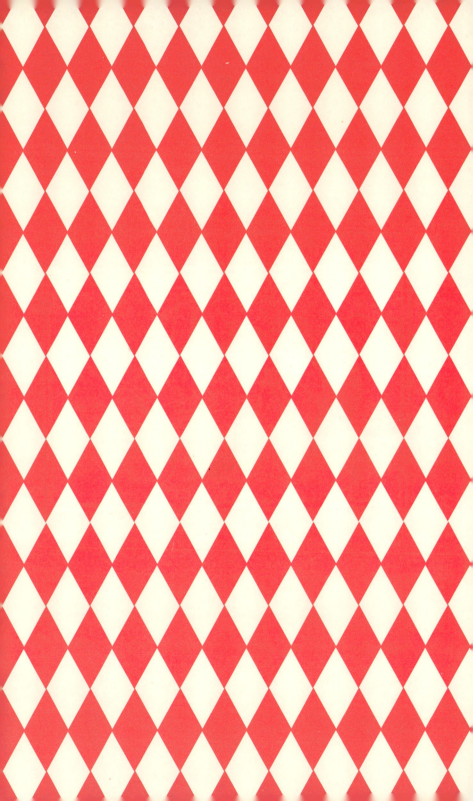

JOÃO

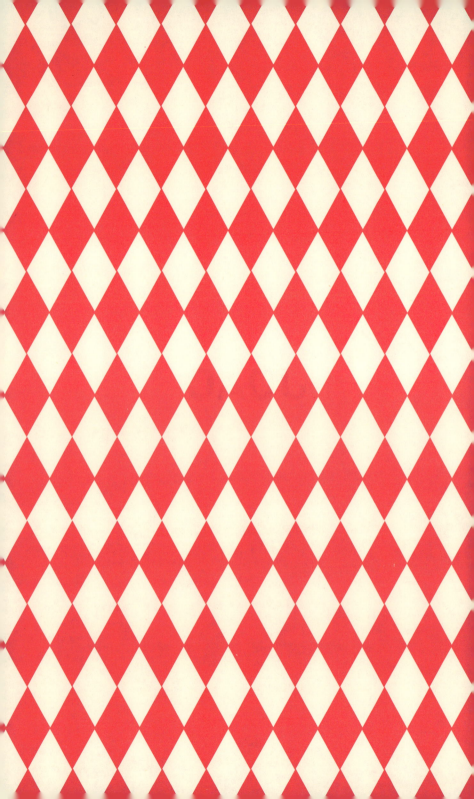

Quando dei por mim, ela estava sentada ao meu lado, no carro, sem cinto de segurança, acendendo um cigarro, com as pernas cruzadas e os sapatos pendendo para fora da janela. Percebi que essa era uma daquelas imagens que eu dificilmente conseguiria um dia esquecer. É preciso ter consciência de quando se está vivendo um grande momento. É importante saber. Madame Xanadu acompanhou-me até o carro e, quando abri para ela a porta, entrou como uma princesa, só para espalhar-se toda depois.

— Eu nunca andei no carro de um poeta — ela disse.

Não falou as direções de sua casa. Ficou ali, saboreando o vento que entrava pela janela e agora mal se importava em como eu iria dirigir, com seus cabelos e fumaças todos voando em minha cara. Eu me diverti com o embaço. Ela mexeu no rádio.

Sweet dreams are made of this. Who am I to disagree?

Seguimos sem direção.

Também não se incomodou quando peguei o caminho que levava para a praia. Dirigir pela via costeira é um desses momentos ímpares que a gente costuma naturalizar por morar aqui. O mar se colocou ao nosso lado e, mesmo sendo madrugada e sem poder enxergá-lo em todo seu esplendor, era possível escutá-lo e sentir sua respiração fria em nosso rosto. Sombras de postes passavam por cima de nós e não havia nenhum outro carro a nos acompanhar. Procurei não ir rápido demais. Esse era um daqueles momentos que faziam a vida valer. Olhei para o lado e a dama me olhou de volta.

— Posso ver o mar?

Claro que podia. Encostei o carro um pouco à frente no calçadão. A praia fica alguns metros abaixo do nível da estrada. Descemos por uma trilha, desviando dos matos. Madame segurou em minha mão para não se desequilibrar. Talvez estivesse um pouco frio demais. Talvez. Não nos importamos. De perto, o mar fazia sons intensos e o vento era ainda mais convidativo. Ainda não dava pra ver muita coisa, mas podia enxergar sua silhueta e ver que ela estava sorrindo. Caminhamos um pouco. Ela tirou o sapato, incomodada. Eu, não incomodado, fiz o mesmo só para acompanhá-la. Senti a areia fria sob os meus pés. Sensação engraçada e gostosa, de praia à noite, que eu não sentia desde adolescente. Ela se apoiou em mim, novamente. Dessa vez para sentar no chão. Sentamos. Lutando contra as forças da natureza, Madame acendeu mais um de seus inesgotáveis cigarros.

— Você não sabe pelo que eu passei — ela disse. — Você não tem ideia.

— Quando quiser começar a falar, eu estarei pronto.

— A qualquer momento a partir de agora. — Ela riu. Não me contaria nada. — Dê seus pulos! A minha história é sua para colocar no papel, eu só não vou te entregar nada de mão beijada.

Será que em algum momento eu te decifro, Madame? Ficamos ali observando o mar em suas idas e vindas. Quase como ela própria. Em momentos, enigmática, em outros, extremamente clara. Suave, porém brutal. Indo e vindo. Havia uma linha muito tênue entre seu riso e suas lágrimas, sempre a fazendo parecer com a coisa mais intensa que havia viva no universo. E em todas as vezes que ela me olhava, eu precisava esconder o quanto eu estava me tremendo por dentro.

— Quanto tempo fazia que você não ficava de frente pro mar, poeta?

— Muito tempo.

— Eu te dou de presente este momento.

E esse era o tipo de frase que, se qualquer outra pessoa falasse, eu reviraria meus olhos. Mas não era um discurso tedioso e ensaiado de quem amava a natureza, seres místicos e os sais minerais. Era só ela, ali. Sendo exatamente o que ela era. Genuinamente me proporcionando um momento que eu não vivia há muito tempo. Me desliguei então da urgência de contar aquela história e comecei a sentir cada elemento do cenário: a areia fria e receptiva por entre meus dedos, o vento rodopiando à nossa volta, os sons que o oceano fazia indo e voltando e o suave gosto da maresia em meus lábios. A silhueta de Madame começou a se iluminar e ela calmamente levantou-se e seguiu em direção ao mar. Fiquei onde estava.

Madame caminhou com passos delicados, sapato entre os dedos. Procurou as primeiras ondas e deixou que elas acariciassem seus pés. Estendeu os braços para sentir o vento de forma mais ampla. E sentiu aquilo tudo como uma gigante. Como uma titã grega. Ela se apoderou de tudo à sua volta, pois sabia que esse momento era todo seu. Seus cabelos cor de fogo incineraram o ar que a rodeava e o vestido de lantejoulas azuis, tão perfeito para aquele momento, passou a refletir a luz que vinha do horizonte e começava a tingir o vasto mar e um pedaço do céu. Desse instante em diante, eu parei de tentar registrar os momentos e torcer que tudo fosse para sempre. Tudo já era para sempre. Já éramos eternos naquele momento, acontecendo de novo e de novo enquanto Madame se fundia com o mar.

Aos poucos, a pequena fresta luminosa nasceu do mar e passou a flutuar sobre ele. Poderia contar as vezes que vi o sol nascer, mas nunca de forma tão majestosa. Não sabia dizer quem brilhava mais. Madame virou-se e passou a andar em minha direção, com um leve sorriso entre os lábios.

— Eu quero que você escreva um capítulo bem bonito sobre esse momento, no livro.

— É mesmo, Madame?

— Sim. Um capítulo bem poético. Já perto do final.

— Não vou escrever sobre isso.

— UM capítulo.

— Eu vou dizer que você aplaudiu o sol.

— Você não está nem louco.

— Espero que você ainda esteja aqui para desautorizar sua biografia.

Ela respirou fundo até que a respiração se transformou num sorriso melancólico. Começou a tentar se agasalhar do frio com os próprios braços. Levantei-me e ofereci a camisa para que ela se aquecesse.

— Eu quero ir pra casa.

— Tudo bem.

Seguimos de volta para o carro. Não. Não estava tudo bem. Aquele não era o primeiro de muitos encontros e eu sabia disso. E não queria lidar com isso. Com a possibilidade de perdê-la. Com a ideia de que ela não ia estar mais aqui. Não depois daquela noite. Enquanto dirigia uma Madame pensativa até sua casa, ia me deixando engolir por minha própria angústia e pensando em formas de fazer com que ela continuasse aqui. Que continuasse comigo.

Talvez eu tivesse mesmo que escrever. Talvez precisasse mesmo virar um livro. Para que pudéssemos estar juntos de novo a cada momento que alguém nos lesse. Pra que eu não me permitisse esquecer. Como se fosse possível esquecer. Ela desceu do carro vestida em minha camisa. Agradeceu educadamente pela carona e sumiu em meio às escadas de seu prédio.

Parece que somos mesmo feitos de dor, né?

ROSE & SHARON

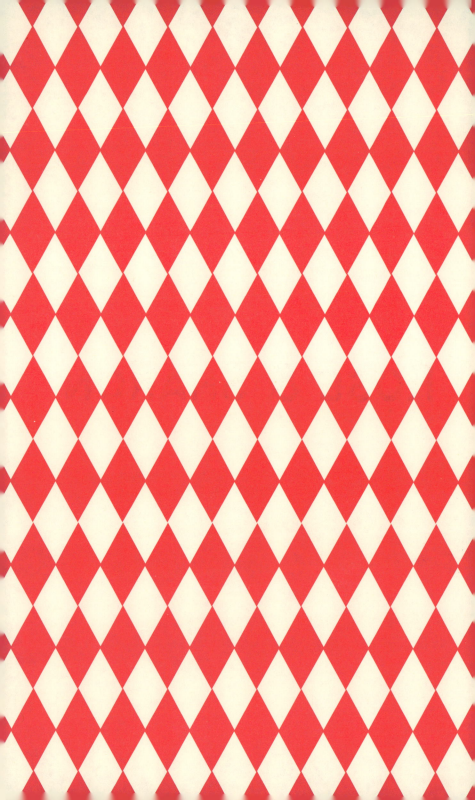

A MAIORIA DAS HISTÓRIAS NÃO TEM O FECHAMENTO QUE esperamos. E estamos sempre em busca de conclusões, finais felizes, resoluções, mas, muitas vezes, a própria resolução ainda não é o final de tudo. Pois se alguma história teve final feliz é porque provavelmente ainda não acabou. E não é pessimismo, mas o curso natural de tudo o que existe. Porém eu não me perdoaria se deixasse essa ponta solta. Eu não dormiria bem por algum tempo se não conseguisse esse fechamento.

Então é possível que, depois de entrevistar em dias seguidos Rose e Sharon, eu tenha percebido algum sinal. É possível que tenha feito perguntas corriqueiras para as minhas entrevistadas sobre sua rotina e percebesse que coincidentemente ambas estariam livres às quatro e meia daquele dia, que por acaso era o aniversário de morte de Pedro. É possível que, nesse mesmo dia, eu estivesse escondido por um longo período de tempo em meu carro, próximo à entrada do cemitério de Nova Descoberta. É possível que meu coração tivesse dado saltos de adrenalina quando vi Rose descendo do carro e passando pelo arco de entrada e é possível também que eu tenha entrado sorrateiramente logo depois e me escondido atrás de um túmulo, à espera de um milagre. Ou é possível também que eu esteja inventando uma grande e mirabolante mentira, na qual você vai querer acreditar, porque no fundo também precisa de uma resolução. Então vamos lá.

Rose, com o rabo de cavalo intocável e os óculos muito grandes cobrindo boa parte de seu rosto, parou em frente ao túmulo. Passou um longo tempo fitando o monumento, como se, de alguma forma, Pedro fosse se erguer para um acerto de contas final. Despojando-se de toda sua finesse, resolveu sentar-se na muretinha em frente ao jazigo, quando percebeu que teria companhia. Companhia essa que viria em vestido floral. Por um momento, achou que havia conseguido segurar o riso.

— Oi, Sharon.

Sharon parou em frente ao túmulo, fez o sinal da cruz e ignorou a presença sentada à sua frente. Rose, fingindo não perceber a atitude de Sharon, fez um amplo aceno com a mão direita, seguido por um sorriso de boca fechada, que fez com que sua companhia olhasse enfim para baixo.

— Oi, Sharon!

— A gente poderia muito bem fingir que esse encontro não está acontecendo e você sabe disso.

— É, mas eu não quero. Quero conversar.

— Pois tá ruim, que quando um não quer, dois não brigam.

— Uma trégua, Sharon. Não por mim, mas por ele. Pelas merdas que a gente passou por causa dele. Pode ser?

Depois de relutar um pouco, Sharon respirou fundo e sentou-se ao lado de Rose, tomando cuidado para não manter nenhuma espécie de contato físico.

— Quando foi que a gente começou a se odiar? — Rose perguntou.

— Eu na sétima, e você na oitava série, por aí. Você era gótica demais.

— E você falava muito alto.

— Eu realmente falava muito alto. Mas você me olhava com uma cara de abuso — Sharon denunciou.

— É que eu só tenho uma. — Riram.

— Mas não era só isso. Você sabe. Teve muita coisa no meio.

— Uma caralhada de coisa.

Sharon tirou uma uisqueira não sei de onde. Subiu o cheiro forte de vodka. Ofereceu a Rose, que talvez não aceitaria em outro momento, mas resolveu compartilhar, em função da trégua estabelecida. A estilista tomou coragem e quebrou o silêncio:

— Você tinha um caso com ele, né?

— Sim.

— Acho que só quem sabia era eu.

— Nunca contei pra ninguém. Ele só me procurava bêbado e fazia questão de que ninguém soubesse.

— O mais escroto dentre os escrotos.

— Amém. — Sharon ergueu a uisqueira ao céu. — Ele realmente não era um cara muito legal. Mas eu acabei amando ele pra cacete. Não sei se ele era de todo mau. Acho que só não sabia como lidar com a própria vida e com o resto do mundo.

— Ele fazia merda demais o tempo todo e não ficava feliz enquanto não carregasse todo mundo pro mesmo poço em que ele tava se afundando. E eu não queria que Bianca fosse junto.

— E teve o lance da praia. Você planejou, né? Eu vi vocês dois juntos.

— Eu não estava muito interessada em esconder — confessou Rose.

— Foi bom aquilo. Aquele dia, aquele momento. Entender que as coisas poderiam ser diferentes. Que tudo poderia mudar e ficar melhor. Não ficou tão melhor, né? Mas pelo menos depois dali o namoro deles acabou.

— Foi. Era a única forma dela perceber que ele não prestava. Eu e Bia tivemos uma briga feia, mas depois de um tempo ela me perdoou.

— Bia sempre teve o coração mole — Sharon completou.

— E eu a cabeça dura.

— Sim. — As duas ensaiaram um sorriso.

— Sim — concordou Rose —, mas minha cabeça adolescente já tinha imaginado tudo de um jeito bem mais punk, comigo ficando grávida e indo pro interior pra ter o filho escondido e depois sentir tanta raiva de Pedro, que não conseguiria olhar pra cara do bebê, e teria que dar pra adoção. Daí voltaria pra Natal depois de um ano, bem misteriosa, dizendo que estava estudando moda em Fortaleza.

— Mas você estudou moda em Fortaleza.

— Estudei. Mas seria mais interessante se fosse só o disfarce pra um drama de novela mexicana.

Riram juntas em um instante de entendimento, deixando as diferenças para trás.

— A gente deveria escrever uma novela.

— Ou um esquete do Zorra Total.

— Melhor mesmo.

O abraço de reconciliação nunca veio. Não havia motivo. Passaram mais um tempo juntas, até que o conteúdo da garrafa se esvaziasse junto com o sol, que já ia longe em seu poente, por entre as catacumbas do cemitério ao fim da rua da Saudade.

E isso tudo pode ser verdade, como também pode muito bem não ser.

JEFERSON

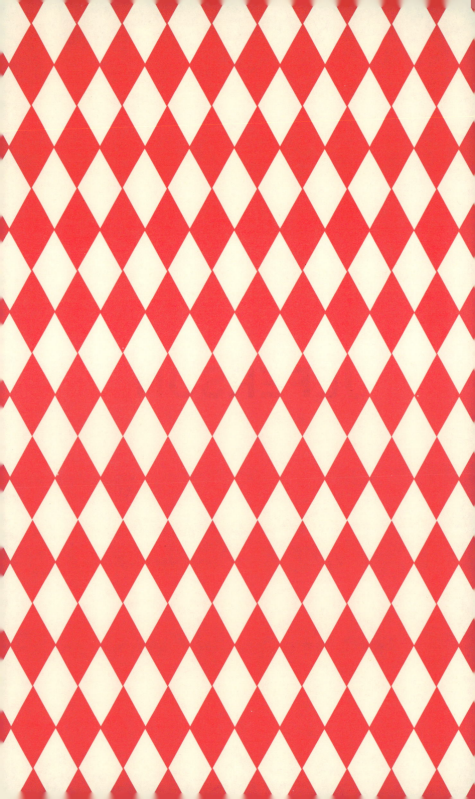

DANIEL,

Eu realmente não queria escrever esta carta. Talvez por tudo que eu passei por sua causa. Talvez pelo fato de eu saber que os mortos não leem cartas. Mas a pessoa que está do meu lado aconselhou que eu fizesse isso e não posso simplesmente ignorar o conselho de alguém que me encontrou desmaiado no chão do meu quarto em cima de uma poça vomitada de whisky e resto de comprimidos. Ele está dirigindo por essa estrada que não sei exatamente para onde vai enquanto escrevo apoiado no manual de instruções do carro, e talvez por isso a minha letra não esteja tão legível assim, mas, de qualquer forma, você não vai ter como reclamar. Eu espero.

Não acredito que eu realmente não concordasse com a decisão dela, e não sei qual foi o exato momento em que decidi que teria forças para lutar, mas sei que consegui. Consegui escapar. Mas consegui e aqui estou. Sem realmente ter certeza se quem escapou fui eu ou se foi a dama que tirou a sorte grande. Só sei que dormi por tempo demais, dentro de mim. Eu não teria como te explicar o que aconteceu comigo porque ainda estou tentando entender isso tudo. Mas posso te falar do que passei. E vou falar.

Quando entrei por aquela porta e te percebi morto no canto da sala, a única coisa que eu precisava era de uma explicação. Obviamente, cheguei perto demais de você e chorei até que meus olhos secassem por completo, agarrado com sua camisa ensanguentada. Eu olhava seus olhos vazios em busca de conforto. Sei lá, em busca de alguma ressurreição milagrosa. De você falando que aquilo tudo era uma brincadeira e que eu só podia ser muito burro mesmo pra ter caído nessa. Mas nada disso aconteceu. E fiquei ali, encolhido em mim.

Depois desse choque, a busca por conforto se tornou uma busca por um motivo. Algo que explicasse aquilo. Levantei-me tremendo do chão e fui em busca de alguma carta, algum bilhete, *post-it*, sms. Mas não havia nada. Absolutamente nada além da merda de uma trilha de sangue e facas e um coração sangrento pintado na porta da geladeira. Nenhum e-mail. Nenhuma mensagem na caixa postal. Revirei a casa como se fosse um ladrão em busca do cofre. Nenhum testamento guardado debaixo do colchão. Nenhuma propaganda na televisão. Nenhuma faixa pendurada entre os postes lá embaixo. Nenhuma frase ambígua escrita dentro de nenhuma das carteiras de cigarro espalhadas pela casa. Nada no rádio. Nenhuma inscrição no sabonete. Nada escondido detrás do rótulo do shampoo. Nada, e nenhuma explicação em nenhuma das dezesseis caixas de remédio. Nenhuma pista em lugar algum. Nenhum motivo caindo em forma de água do chuveiro enquanto eu entrava em pranto sentado no azulejo frio do boxe, em busca de alguma ínfima razão que pudesse explicar aquela merda toda que estava acontecendo. Nada. Ensopado e com os dedos enrugados, voltei à sala e sentei-me pelado no sofá, com os olhos muito abertos atravessando aquele corpo e fitando o nada. Nada. Nenhuma explicação. Era aquele o momento. Eu iria surtar. Mesmo detestando fumar, puxei ao meu lado um dos cigarros que eu havia espalhado em busca de razões e coloquei-o entre meus lábios. Era o mais próximo que chegaria de você. Talvez houvesse alguma explicação dentro deles, pensei. Encontrei na dobra do sofá um dos isqueiros que você vivia perdendo pela casa. Depois de também não encontrar nenhuma explicação no pequeno pedaço de plástico cheio de fluido inflamável, girei a engrenagem e a faísca se transformou em chama. Trouxe para perto do cigarro a pequena luz. Puxei para mim a fumaça.

Não lembro de mais nada.

Só de estar sozinho dentro da minha cabeça revivendo aquela situação em *looping*. Por tempo demais. Mais tempo do que gosto de imaginar. Mas não havia opção. Havia só os momentos em que eu apagava, os momentos que eu lembrava do passado e aqueles momentos terríveis de quando eu entrava por aquela porta, via você estirado no chão e os maracujás rolavam em *slow motion* até bater seco e longo no chão. Como um sonho sem fim do qual eu não conseguia escapar. Talvez por ainda estar procurando algum tipo de explicação. Talvez por realmente não ter coragem de escapar e enfrentar o mundo lá fora. Talvez. Só sei que foi tempo demais. E eu realmente não achava que iria suportar.

Uma hora ou outra, um momento de consciência perdido me permitia enxergá-la, como que por uma janela. Em algum momento em que ela olhava para o espelho e que, por algum acaso do destino, eu estava ali. E eu a via. E ela me via. E era aterrador. Ela tinha meu corpo, mas não era eu. Tinha muito de mim, mas ela era além. Era maior. Deslumbrante. Quando comecei a perceber sua presença, passei a tentar observar mais e gravar esses momentos. De forma a fugir das memórias de sempre. De forma a criar novos registros mentais e de algum jeito tentar escapar de tudo que dizia respeito a você. Ela estava ali e era mais real que eu. Eu não tinha absolutamente nenhum controle sobre ela, e isso era assustador, mas também reconfortante. Vez ou outra, ela tinha memórias que não eram dela. Memórias de um bonito passado que nunca viveu. Memórias de um rapaz muito pálido e calado que havia oferecido o maior amor do mundo para uma pessoa que ela já havia sido, mas que não era mais. Desesperava--se. Eu podia sentir. Toda a decadência e elegância de uma Rainha em ruínas. Admirei sua dor em silêncio, tentando não transparecer minha presença.

Até descobrir que ela não aguentaria muito mais. Que queria ir embora. Que não suportava o fato de já ter vivido o maior amor do mundo e ao mesmo tempo não. Que de alguma maneira muito absurda ela não era ela e isso doía pra caralho. E foi aí que eu precisei me impor. Mesmo sem ainda estar preparado. Mesmo ainda estando em busca de explicações. Eu voltei a falar e fazer barulho, de forma que ela me percebesse.

Mas ela lutou contra mim. E eu contra ela. Agora percebo que não haveria outra forma de ela ir embora. De fazer a viagem. Resolver uns negócios pessoais. Que teria que ser daquela forma. Que teria que ter drama, dor, cartas, remédios e whisky. Que eu teria que vomitá-la para fora de mim enquanto ela fazia forças para manter aquilo tudo ainda lá dentro. Não porque me quisesse algum mal, mas por medo de não conseguir partir. Ir embora. Mas ela foi. Está em paz em algum lugar. Pelo menos eu acho. Hoje me despeço de Madame Xanadu, que, do seu jeito, tomou conta de mim, quando ninguém mais poderia. Obrigado, Mad.

Depois que acordei, já não mais dentro da minha cabeça, na cama do hospital, encontrei o rosto dele. E pude ver em seus olhos os momentos que havia vivido com ela. E também me senti um pouco ela, ali, por ter passado por coisas que eu não havia exatamente passado. Por não ser por completo eu mesmo. Eu recebi alta e ele sentou-me no banco de carona e atou meu cinto, já ciente de que não era mais ela que estava ali. Permaneceu calado por um bom tempo enquanto dirigia, até que pediu que eu escrevesse esta carta para você. Não sei realmente qual o motivo dele, mas resolvi não negar. Ele conduz o carro, saudoso e nostálgico, como quem tivesse perdido um grande amor.

No porta-luvas entreaberto, vejo seu celular no silencioso, tocando. Quando para, percebo as trinta e sete chamadas não atendidas. Eu não lembro o nome dele, porque sou péssimo com nomes, mas sei que ele é o noivo da Bia. Hoje seria o dia do seu casamento, e ele provavelmente iria se atrasar um pouco mais do que todos esperavam. Não o julgo. Aprendi a relativizar os julgamentos no tempo que passei dentro da minha cabeça. Imagino Bianca vestindo um longo vestido branco, sentada nos degraus da igreja chorando no colo de Rose. Imagino Sharon ao lado, com o celular na mão. Imagino várias coisas. Sei que pode não ter acontecido dessa forma, mas posso imaginar da maneira que eu preferir. Acabei de escapar da morte e tenho esse direito.

Então, Daniel, eu queria te dizer que eu vou tentar te perdoar. Por mais terrível que minha vida inteira tenha ficado depois de você ter feito o que fez, vou tentar esquecer. Focar nos bons momentos, porque é fácil demais ficar pensando nas poucas coisas que deram errado e esquecer todos os momentos bons. E eu não quero mais ser esse tipo de pessoa. Eu acho que mereço me dar uma segunda chance. Eu mereço não acordar amanhã pensando em qual teria sido a razão que te levou a tirar sua própria vida. A verdade é que vão continuar existindo dias bons e terríveis até o fim da vida. Que todas as coisas têm seu fim e que pra amar genuinamente a gente precisa aprender a deixá-las ir. Então esse é o momento. Esse sou eu deixando você ir. Obrigado por tudo. Por ter sido quem foi. Por ter escolhido esse momento para ir embora. Por ter me ajudado a ser a pessoa que sou hoje e por ter me mostrado o maior amor do mundo.

Seu e para sempre seu,

Jeferson

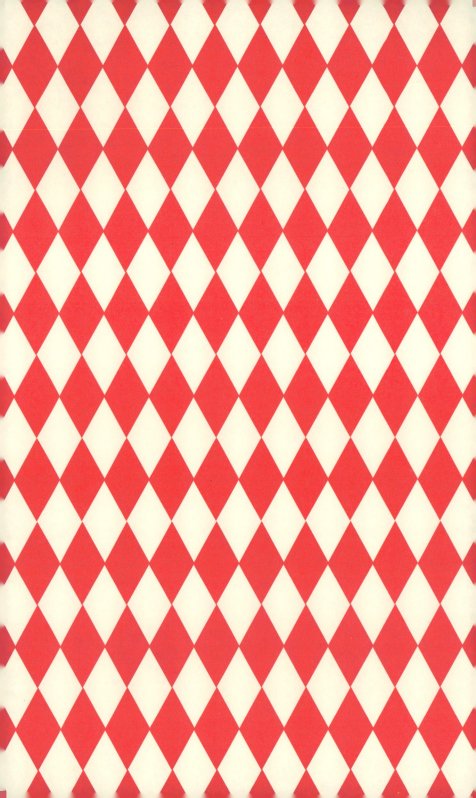

Para Xanadu, obrigado por tudo

Eu sigo sonhando sonhos com Madame Xanadu. Seus longos fios sintéticos se enrolam em minha cabeça enquanto eu peço que ela fique um pouco, por favor, em silêncio, porque preciso escrever isto aqui para podermos seguir em frente. Este livro é o livro que eu queria escrever anos atrás, quando escrevi também um livro que era quase como esse.

Madame Xanadu é a melancolia melódica que tem me acompanhado por todos os dias desde que me entendo por ser. Seu peso leve se carrega ao meu lado há muito e talvez por isso ela tenha decidido tomar forma, desenhada e escrita. Em finais de caderno pautado, guardanapos de pizzaria, blogs empoeirados, paredes de arquibancada, na ponta do lápis: lá estava ela. Existe jeito melhor de traduzir toda a dor adolescente revestida em celofane que uma *drag queen* dramalhona? O sentimento precisava ir para algum lugar, e o caminho que ele encontrou foi por esses encontros com a grande dama.

Porque eu achei que ela teria que ir embora, ou porque um dia acreditei que precisava que ela desaparecesse para seguir meus dias, foi que lhe escrevi um livro. Uma *primeira* primeira vez para contar essa história, esse caminho que vocês encerram agora. Eu só não tinha noção de quanto de mim eu ia deixar vazar pro papel.

Luiza, que prefacia este livro, releu recentemente as páginas escritas anos atrás e me vinha com as mesmas perguntas de novo e de novo: "Por que você não gostava daqui?", a respeito de Natal. E foi aí que comecei a prestar atenção na forma mesquinha como eu descrevia não só a cidade, como também as pessoas do livro. O tempo que perdia com minúcias e a tentativa de controlar exatamente a imagem que se formaria na cabeça do leitor. As páginas que eu passava tentando ser escritor contrastando com os momentos em que eu me deixava simplesmente escrever. Talvez eu tentasse demais porque não me achava suficiente, porque também talvez, nessa época, eu realmente ainda não fosse.

Veja: a forma negativa como eu escrevia locais e pessoas, não é tanto porque eu não gostava do que enxergava à minha volta, mas porque eu efetivamente não gostava de mim. E, quando a gente não consegue gostar do que vê no espelho, é difícil demais que essa sensação não se infiltre em nosso olhar e se espalhe para além de nós.

Então ao reler, eu mesmo, o escrito que havia antes, primeiro me veio uma raiva muito grande, um desespero de ter que estar encarando as palavras ditas há tanto e uma vontade compulsiva de sempre olhar para o outro lado. Isso tudo para não ter que me encarar. Para não ter que olhar para dentro e enxergar o que havia de tão quebrado e torto nas páginas daquele livro, sem o qual eu não teria chegado hoje aqui. Para não ter que ter essa conversa com o eu de seis anos atrás. Mas a mesa estava posta e a conversa tinha que acontecer, então eu conversei.

E aí eu consegui enxergar toda a dor. A dor que se acumulava e reverberava por entre aquelas páginas. A dor de não ser o que esperam de você. A dor de querer ser algo além para compensar algo que é impossível compensar. A dor de se sentir errado e a dor de querer deixar de existir, por não entender exatamente como se faz para existir certo. A dor de desaprender a chorar. E ser forte. Parecer forte.

Quando eu era mais novo, pensava o tempo todo "Por que não se leva a sério a dor dos adolescentes?" para chegar aos trinta e me tocar de que, na verdade, não se leva a sério a dor de ninguém. E que, se você é uma pessoa que dói, é porque ainda não encontrou o curativo certo.

Escolhi navegar a imensidão daquele sentimento para entender que depois (e no meio) de toda aquela dor tinha uma pessoa bonita e divertida, com um brilho sem fim nos olhos e uma vontade muito grande de criar coisas, contar histórias, conhecer pessoas e ser feliz. Essa pessoa era eu. Não sei se deu para entender. E Madame Xanadu merecia que eu recontasse sua história com os olhos que eu tenho hoje. E que lhe desenhasse com a leveza que eu hoje tento levar meus dias.

Alguns capítulos não mudei uma palavra, outros, joguei fora e recomecei. Brincar de escrever essa história de novo foi um trabalho de recorte colagem, e em todos os momentos me encontrei comigo. E ri comigo. E chorei junto. E me encantei comigo e com todas as pessoas que eu já quis ser. Entendi que aquela versão de mim não precisava ser jogada numa gaveta, mas celebrada com a ajuda da pessoa que eu sou hoje. Eu ia dizer que "me perdoei", mas a gente sabe que isso não vem numa epifania e que seria bem lorota de posfácio eu falar isso. Gosto de dizer que estou no processo para esse perdão, eu acho. Vamos em frente.

Esse é um livro completamente diferente, mas ao mesmo tempo é exatamente o mesmo livro. E vou explicar por que isso faz sentido. Não importa quantas vezes você contar uma história, ela sempre será narrada de uma outra forma. Porque somos universos inteiros, somos muitos e não temos a obrigação de ser amanhã a mesma pessoa que somos hoje. E pessoas diferentes contam histórias de formas diferentes. Mesmo que a ideia do que aconteceu seja a mesma. Mesmo que o sentimento que desperte ainda seja o mesmo. A memória muda o tempo todo e tem palavra bonita demais no mundo para gente ficar andando sempre com as mesmas na boca.

Em algum momento do passado eu pensei que Madame Xanadu iria embora eventualmente. Agora fico feliz de perceber que ela vai estar sempre aqui. Não só ao meu lado, me ajudando a lidar com o vazio da condição humana e o peso dos dias, como ao lado de vocês, vivendo os mesmos momentos eternos de novo e de novo a cada descortinar de página.

Obrigado por tudo,

AURELIANO.

Este livro foi publicado em abril de 2021 pela Editora Nacional
Impressão e acabamento por Gráfica Exklusiva